Sire Gauvain et le Chevalier vert

Premiers Classiques

LAROUSSE

Sire Gauvain et le Chevalier vert

Michael Morpurgo

Illustré par Michael Foreman

Traduit de l'anglais

par Mathilde Rojinsky Sadot

Présentation et fiches pédagogiques

par Catherine Mory,

professeur de lettres modernes

Pour Sebastian, Lada, Alan et Laurence – M.M.
Pour mon fils Mark – M.F.

Direction de la collection : Carine GIRAC-MARINIER
Direction éditoriale : Claude NIMMO
Édition : Laurent GIRERD
Lecture-correction : Catherine DECAYEUX
Direction artistique : Uli MEINDL
Informatique éditoriale et mise en pages : Dalila ABDELKADER, Philippe CAZABET, Marie-Noëlle TILLIETTE
Responsable de fabrication : Marlène DELBEKEN

Original English language edition
Sir Gawain and the Green Knight

21, rue du Montparnasse
75283 Paris Cedex 06

ISBN : 978-2-03-594696-6

Sommaire

PRÉSENTATION DE L'AUTEUR

Une scolarité mouvementée

On s'imagine toujours qu'un écrivain a été un bon élève qui passait sa vie à lire. Ce n'est pas le cas de Michael Morpurgo, écrivain anglais né en 1943. Enfant, il ne lisait pas et travaillait très mal en classe. Rien ne le destinait donc à écrire des romans. Et encore moins à devenir enseignant.

Un professeur inventif

Michael Morpurgo choisit pourtant d'enseigner l'anglais. Mais les livres qu'il propose à ses élèves les ennuient. Il décide alors d'imaginer des histoires et de les leur raconter. Le succès est au rendez-vous. Ses élèves attendent avec impatience le prochain cours pour connaître la suite du récit. À force d'inventer des histoires, Michael Morpurgo s'est mis à les écrire.

Un auteur incontournable

En 1982, il publie *Cheval de guerre*, son premier roman, où il raconte l'histoire de Joey, un cheval de ferme, qui va devoir partir au combat. Ce récit a été adapté au cinéma par Steven Spielberg en 2011. Il écrit également *Le Roi Arthur*, ou encore *Le Royaume de*

Kensuké. Au total, Michael Morpurgo a publié une centaine de livres qui ont été traduits dans le monde entier et lui ont valu de nombreuses récompenses.

Un bienfaiteur

Il dirige également, avec sa femme, trois fermes. Tous deux y accueillent des enfants défavorisés qui ne sont jamais allés à la campagne et qui ont ainsi l'occasion de traire les vaches et de nourrir les animaux. Pour récompenser leur générosité, la reine d'Angleterre a remis une décoration aux époux.

Présentation de l'œuvre

Un récit très ancien

Un roman de chevalerie datant du Moyen Âge

C'est au XIVe siècle qu'a été écrit *Sire Gauvain et le Chevalier vert.* L'identité de son auteur n'est pas certaine, comme c'est souvent le cas pour les textes très anciens. Il s'agirait d'un mystérieux écrivain anglais dont on ignore à peu près tout. On l'appelle le « Poète de *Pearl* », car tel est le titre d'une de ses œuvres.

Sire Gauvain et le Chevalier vert est un poème composé d'environ deux mille cinq cents vers. Il appartient au genre du roman de chevalerie, c'est-à-dire qu'il raconte les aventures d'un chevalier sans peur et sans reproche, nommé Gauvain, qui va affronter des créatures monstrueuses afin de rester fidèle à son idéal chevaleresque.

Idéal chevaleresque et amour courtois

Pour bien comprendre cette histoire, il faut connaître certains codes du Moyen Âge. Tout d'abord, qu'est-ce que l'idéal chevaleresque ? Le bon chevalier doit avant tout se montrer loyal, c'est-à-dire qu'il ne doit jamais commettre de trahison. S'il a tenu une promesse qui risque de lui coûter la vie, il devra quand même la respecter afin de ne pas être déshonoré. Ainsi, Gauvain devra choisir entre, d'une part, manquer à son serment et rester en vie, et, d'autre part, le respecter et mourir. En bon chevalier, il préférera la mort au déshonneur. Le chevalier doit également faire preuve de courage, de bonté envers les faibles, et de courtoisie.

Qu'est-ce que l'amour courtois ? C'est un idéal amoureux qui, comme son nom l'indique, est né dans les cours des nobles seigneurs au Moyen Âge. Le scénario est toujours le même : un chevalier tombe passionnément amoureux d'une dame mariée et noble. En effet, cette dernière est généralement l'épouse d'un grand seigneur ou même d'un roi. Elle est donc, en principe, inaccessible. Le chevalier va se dévouer corps et âme pour son aimée, accomplir pour elle des prouesses et se surpasser. Ainsi, Gauvain aura à opérer un choix très difficile : respecter l'idéal chevaleresque ou obéir à la dame de son cœur.

Un univers légendaire très célèbre

Gauvain est l'un des fameux Chevaliers de la Table ronde. Dans la légende, ces héros se rassemblaient à la cour du célèbre roi Arthur, dans le château de Camelot, autour d'une vaste table circulaire. Parmi eux figuraient Lancelot du Lac, Perceval, ou encore Tristan. Merlin l'Enchanteur et la fée Morgane font également partie de ce monde fictif. De nombreux livres ont été écrits à leur sujet, que l'on appelle « les romans de la Table ronde ». *Sire Gauvain et le Chevalier vert* en est un exemple.

Aujourd'hui encore, cet univers influence la création artistique. Le cinéma s'en est inspiré à de nombreuses reprises, dans des dessins animés comme *Merlin l'Enchanteur* (de Wolfgang Reitherman, studios Disney, 1963), mais aussi dans des films et même des séries télévisées (*Kaamelott* d'Alexandre Astier et Alain Kappauf, 2005-2009). Les auteurs pour la jeunesse ne sont pas en reste, comme Michael Morpurgo, dont la version moderne reste très fidèle à la légende médiévale.

L'adaptation de Michael Morpurgo

Les aventures d'un chevalier mis à l'épreuve

L'action se passe dans le château de Camelot, en Grande-Bretagne (appelée aussi dans le récit « île de Bretagne » ou même « Bretagne »). Alors que sire Gauvain fête le Nouvel An à la cour de son oncle, le roi Arthur, survient un gigantesque chevalier, vert de la tête aux pieds. Ce dernier propose un jeu aux convives : que l'un d'eux le frappe avec la hache qu'il a apportée. En échange, il rendra ce coup à celui qui aura relevé le défi, un an et un jour plus tard.

Gauvain accepte. Il prend la hache et décapite son adversaire. Mais voilà que dans l'étonnement général, le Chevalier vert va chercher sa tête en la saisissant par les cheveux. Avant de partir, il rappelle au neveu du roi Arthur son engagement.

Les mois passent et il est temps pour Gauvain de se mettre en route afin de tenir sa promesse et de recevoir le coup du monstrueux chevalier. Le jeune homme a parfaitement conscience qu'il risque d'y perdre la vie. Parviendra-t-il à surmonter cette épreuve ?

Gauvain, un chevalier parfait…

Dans l'adaptation de Michael Morpurgo, comme dans de nombreuses autres légendes, Gauvain se présente comme un chevalier idéal. Il fait preuve de courage (en relevant le défi de son ennemi), de force (en lui assenant un coup très puissant) et de loyauté (en tenant sa promesse et en allant le rejoindre un an après). C'est également un homme pieux car, sur le chemin qui le conduit au Chevalier vert, il prie à deux reprises la Vierge Marie afin qu'elle le guide vers un abri. Enfin, il est capable de résister aux plaisirs de la chair, comme le montrera la suite de ses aventures.

Sa perfection est symbolisée par l'étoile à cinq branches qui figure sur son bouclier. Chaque pointe représente une des vertus que doit posséder tout bon chevalier : « la bonté, l'intégrité, la chevalerie, la loyauté et la sainteté » (p. 70).

... ou presque parfait

Dès les premières pages du récit de Michael Morpurgo, le narrateur prévient le lecteur : Gauvain est certes « bon, chevaleresque », « courtois », « courageux » et « fort », mais il est également « têtu », « vaniteux » et « pas toujours si honnête ou sincère qu'il l'aurait souhaité » (p. 21). Effectivement, notre héros reconnaît en lui-même s'efforcer « d'être le genre de chevalier qu'[il prétend] être, et que les autres voient en [lui] » (p. 177). On comprend alors que sa réputation de perfection lui pèse parfois et qu'au fond de lui, il ne s'en sent pas totalement digne. Mais, par vanité, il essaie d'y être le plus fidèle possible. À une occasion, Gauvain va même se montrer faible et s'écarter de l'idéal du parfait chevalier. Ces défauts rendent le héros humain et, par conséquent, touchant. Le lecteur s'identifie plus facilement à ce personnage, capable de se tromper. Comme le dit le Chevalier vert à la fin du récit, « la perfection n'est pas de ce monde » et « nous ne pouvons qu'apprendre de nos erreurs » (p. 198). Telle est la morale de l'histoire.

Sire Gauvain et le Chevalier vert

Michael Morpurgo

Illustré par Michael Foreman

L'ŒUVRE
L'ŒUVRE

REPORTEZ-VOUS DES SIÈCLES EN ARRIÈRE,

MES AMIS,

non pas à l'époque reculée du siège de Troie, ni même à celle de la Rome de Romulus et Remus, mais au temps de l'île de Bretagne après le départ des Romains. Je vous parle de cette Bretagne qu'enveloppaient les premières brumes mystiques de son histoire la plus tourmentée. Elle luttait sans cesse pour tenir l'envahisseur à distance et devenir un lieu où l'on puisse vivre dans la paix, la sécurité et la prospérité. Elle avait vu venir et repartir bien des rois, bien des envahisseurs et des conquérants, et les batailles qui faisaient rage à travers le pays ne semaient que chagrin, douleur et famine.

C'est alors, si l'on en croit le mythe (histoire mythique ou mythe historique, à vous d'en juger), que survint le roi qui devait tirer le peuple de Bretagne des affres de sa misère pour le mener enfin vers le soleil. Il se nommait Arthur.

Jamais on ne connut roi plus courageux ni plus noble que lui. Sauvé à la naissance, caché puis tiré de l'ombre et couronné Haut-Roi par la vertu des pouvoirs magiques de Merlin, ce fut lui qui arracha l'épée à son fameux rocher puis, peu de temps après, rassembla autour de lui à Camelot tous ces grands chevaliers au cœur bon qui rejetaient cupidité et orgueil, les meilleurs et les plus féroces des chevaliers du royaume, eux qui ne combattaient que pour les justes causes, et pour le bien d'autrui et du royaume. Vous connaissez leurs noms aussi bien que moi, ils peuplent des histoires qui ont traversé les temps :

sire Lancelot, sire Perceval, sire Galaad, sire Tristan, ils étaient des douzaines, on ne peut pas tous les nommer ; et sire Gauvain, bien sûr, qui était le neveu du roi.

Mon histoire est celle de Gauvain. De tous les récits des Chevaliers de la Table ronde, le sien est le plus magique et celui que j'aime raconter par-dessus tout. Car Gauvain, comme vous le verrez bientôt, était aussi honnête et sincère que devait l'être un Chevalier de la Table ronde, aussi bon, chevaleresque et courtois, aussi courageux, et plus fort au combat que quiconque, sauf Lancelot. Mais Gauvain était têtu, et plus qu'un peu vaniteux ; et comme le révélera cette histoire, il n'était pas toujours si honnête ou sincère qu'il l'aurait souhaité : comme beaucoup d'entre nous, sans doute.

Place donc à son histoire, l'histoire de sire Gauvain et du Chevalier vert.

C'ÉTAIT ✠ ✠ ✠ ✠ ✠
NOËL
À ✠ ✠ ✠ ✠ ✠ ✠ ✠ ✠
CAMELOT,
ce moment de l'année où tous les chevaliers du roi Arthur se réunissaient pour célébrer la naissance de leur Seigneur et Sauveur, Jésus-Christ. Durant quinze belles journées, après la messe matinale, tout n'était que festins, danses et chants, chasse et joutes. La joute était leur sport favori : chacun s'efforçait de désarçonner le grand sire Lancelot, le plus souvent sans succès, bien sûr. Et cela se passait dans la bonne humeur, dans un esprit de franche camaraderie, car ils étaient heureux de se trouver de nouveau réunis, en ce temps béni. Au cours de

l'année, ces seigneurs étaient souvent séparés, et loin de leurs dames, lorsqu'ils sillonnaient le royaume à cheval pour leurs périlleuses missions. Aussi était-ce là le moment de raviver leur amitié et leur amour, le moment de célébrer avec leur jeune roi tout ce qu'ils avaient accompli et de rappeler la grandeur de leur noble rôle : apporter la paix au pays et faire de ce royaume un paradis sur terre comme l'île de Bretagne n'en avait jamais connu, non plus qu'aucun autre pays, d'ailleurs.

Au réveillon du Nouvel An, après que la messe du soir eut été dite et qu'on se fut échangé de généreux cadeaux, le Haut-Roi et Guenièvre, sa reine, firent enfin leur entrée dans la grande salle où les seigneurs et les dames attendaient de dîner. Personne ne pouvait entamer le festin avant leur arrivée, bien sûr, je vous laisse donc imaginer comme ils furent acclamés lorsqu'ils apparurent.

Guenièvre n'avait jamais été d'une beauté si radieuse que ce soir-là, et la grande salle résonna des cris d'admiration des seigneurs comme des dames.

Entourée d'Arthur d'un côté et de Gauvain de l'autre, Guenièvre prit place à la table d'honneur dressée sur une estrade tendue de soie et richement parée des plus belles tapisseries de Toulouse et du Turkestan. Puis, au son des tambours et des flûtes, les serviteurs entrèrent, portant les victuailles sur de grands plats d'argent, et couvrirent les tables de montagnes de viandes rôties, de chapons et de venaison, de porc et de poisson frais rôti dans du sel marin, de paniers de pain croustillant et de soupes fumantes. À la vérité, c'était assez pour nourrir cinq mille invités, et ils n'étaient que cinq cents à dîner. Tandis que l'on versait le vin et la bière à ras bord des gobelets, l'air se chargeait du fumet succulent du festin qui les attendait, et leurs narines aussi ; l'appétit ainsi aiguisé, ils étaient tous avides de commencer. Mais le Haut-Roi et sa reine restaient assis sans toucher à leur verre, ni à leur assiette. Chacun savait que tant qu'ils n'entameraient pas le repas, personne d'autre ne le pourrait, par respect pour eux. Et chacun savait aussi pourquoi le roi se refusait à ouvrir les festivités.

Dans la grande salle soudain silencieuse, Arthur se leva.

« Vous connaissez la coutume, commença-t-il. Je ne prendrai pas une bouchée, ni une gorgée de vin, tant que l'on ne m'aura pas rapporté quelque récit nouveau et inspirant, quelque épisode merveilleusement étonnant, quelque fait d'arme extraordinaire et inouï. Et qu'il soit vrai, surtout. N'allez pas inventer des histoires dans l'espoir de manger plus vite : certains parmi vous s'y entendent à conter des sornettes. »

Tous rirent à ces mots, mais en regardant autour d'eux, chacun s'aperçut que personne n'avait d'histoire à raconter.

« Comment ? s'écria le Haut-Roi. Comment ? Pas un seul d'entre vous ? Eh bien, nous serons donc tous privés de repas. Quel dommage. N'est-ce pas là curieux phénomène, que la nourriture que l'on ne peut manger sente toujours si merveilleusement bon ? Et je n'attends pas forcément une histoire, bien sûr.

Vous pourriez me parler de quelque événement récent, quelque circonstance étrange et fabuleuse. Si je dois me passer d'histoire, espérez donc, comme moi, qu'un étranger débarque incessamment pour nous défier les yeux dans les yeux. Cela m'irait aussi. Je m'en contenterais. Alors nous pourrions tous entamer le festin avant qu'il ne refroidisse. » Et, là-dessus, il s'assit.

C'est à ce moment précis, juste comme le Haut-Roi finissait son discours, qu'ils entendirent soudain gronder le vent, grincer les portes et trembler les fenêtres puis, dehors, claquer les sabots d'un cheval sur le pavé. Les grandes portes s'ouvrirent brutalement, et l'on vit entrer l'étranger le plus terrifiant qu'on eût jamais vu. D'abord, c'était un véritable géant, de deux bonnes têtes plus grand que tous les chevaliers présents, mais pas un grand maigrichon, loin de là.

Non, d'une épaule à l'autre il était aussi large que trois hommes côte à côte, et ses jambes étaient énormes : de vrais troncs d'arbre, rien de moins. Et l'on devinait que les bras de cet homme étaient aussi massifs et puissants que ses jambes. Mais ce n'était pas tout. Ce géant était vert : vert de la tête aux pieds. Sans mentir, vert vif, le vert des feuilles du hêtre aux rayons du soleil d'été. Et quand je vous dis qu'il était vert, je ne parle pas seulement de ses vêtements. Je parle de sa personne. Son visage : vert. Ses mains : vertes. Les cheveux qui lui tombaient sur les épaules : verts. Ses yeux seuls, horreur ! dardaient un regard rouge, rouge sang, sous d'épais sourcils verts comme le reste. Toute l'assemblée ne put que l'observer bouche bée, cette énorme masse aussi verte que sinistre, car l'homme affichait une mine sombre qui faisait naître la terreur au cœur de tous.

Pour sinistre qu'il fût, le géant avait fière allure, si tant est qu'on puisse admirer une telle apparition. Il portait une tunique de velours rouge à boutons d'or scintillants. Ses étriers et ses éperons étaient d'or, incrustés d'émeraude d'un vert profond. Et son cheval ! Ce cheval de guerre était une créature monstrueuse : il fallait bien l'être, pour porter pareil géant. Le cheval aussi était vert, vert des naseaux aux sabots, de la crinière à la queue. Il piaffait, secouait la tête, écumait au mors ; au moins, l'écume était blanche. Il paraissait tout aussi ombrageux que son maître. Ils étaient bien assortis, ces deux-là.

Pourtant, malgré son air farouche, le chevalier en vert ne portait ni casque de guerrier, ni armure. Il ne tenait ni bouclier, ni lance, ni même une épée au

flanc. Au contraire, la main qui tenait les rênes serrait un brin de houx, vert évidemment, qui eût pu prêter à rire, si tous n'avaient déjà remarqué ce que tenait l'autre main. C'était une hache, mais pas une hache de combat ordinaire. Cette arme était un véritable engin de massacre. Pourtant, la poignée en était sculptée avec une grande délicatesse : vert vif, bien sûr, tout comme le cordon qui la retenait et les pampilles qui en pendaient. Seule son énorme lame n'était pas verte. Le tranchant incurvé en croissant de lune, elle était faite d'acier poli : une abominable machine de mort, vous pouvez m'en croire. Même les chiens, d'ordinaire si féroces envers les étrangers, s'étaient repliés sous les tables en gémissant, la queue entre les jambes.

L'homme vert n'offrit aucun vœu de bonne année, ni même l'ombre d'un sourire.

D'une voix tonitruante, aussi terrifiante que l'homme lui-même, il tonna : « Alors, qui est-ce qui commande ici ? » Personne ne lui répondit. « Allons, voyons. Parlez. Lequel d'entre vous est le roi ? C'est lui que je viens trouver, personne d'autre. »

Mais tandis qu'il parcourait la salle, promenant sur dames et chevaliers un regard furieux, nul ne parla. Et comme on le comprend ! Parmi les chevaliers assis dans cette salle silencieuse, nombre d'entre eux avaient rencontré des êtres étranges et inquiétants au cours de leur quête : dragons et monstres, gobelins et vampires ; mais jamais rien qui égalât celui-ci. Presque tous étaient muets de stupeur. Certains aussi se taisaient par respect pour leur roi, impatients d'entendre sa réponse.

Personne ne doutait un seul instant qu'il ait le courage de prendre la parole, et c'est ce qu'il fit. Mieux, en se dressant sur ses pieds, il affichait un large sourire. Après tout, ne venait-il pas de formuler le souhait qu'un tel événement se produise ?

« Bienvenue à Camelot, sire chevalier, commença-t-il. Je crois être le roi que vous cherchez. Mon nom est Arthur. Croyez-moi, vous ne pouviez pas mieux tomber. Aussi veuillez descendre de cheval et vous joindre à nos festivités de Nouvel An, après quoi vous pourrez peut-être nous raconter ce qui vous amène en notre cour. »

Le chevalier en vert chevaucha vers l'estrade et s'adressa directement au Haut-Roi, mais sur un ton plus courtois.

« Mille grâces, ô roi. Mais je ne compte pas rester, ni retarder votre festin. Je vais vous déclarer sans ambages mes intentions. C'est pour moi un honneur indicible que de vous rencontrer enfin, vous le grand Arthur, Haut-Roi de toute la Bretagne. Je sais, le monde entier le sait, comme vous avez fait de ces terres un royaume merveilleux entre tous, et rassemblé autour de vous les chevaliers les plus valeureux, courageux et preux qui soient. Pourtant, face au spectacle qui s'offre à mes yeux, je commence à me demander si cette réputation reluisante est vraiment méritée. Je le dis sans vous offenser, grand roi : comme l'indique le brin de houx que je porte, je viens en paix. Sans quoi je serais armé pour le combat, n'est-ce pas ? Mais si vous ne voyez sur moi ni armure, ni casque, ni épée, ni lance, c'est que je ne viens pas livrer combat, mais me prêter à un jeu ; enfin, une sorte de jeu.

— Si c'est à la joute que vous souhaitez participer, répondit le Haut-Roi avec toute la politesse que son irritation permettait, ou bien à la lutte, alors si intimidant que vous paraissiez, sire chevalier, vous ne manquerez pas de partenaires ici, je puis vous l'assurer.

— Mais je ne joute qu'avec des hommes, répliqua le Chevalier vert. Or je ne vois ici que garçons imberbes. Où serait la compétition ? Aucun d'entre eux n'a la moindre chance contre moi. Non, ce que j'ai en tête sera mieux à même d'éprouver le courage d'un homme, et bien plus intéressant pour nous tous. Mais je doute fort qu'il se trouve ici homme assez courageux pour relever le défi.

— C'est ce que nous allons voir, s'écria le Haut-Roi, le visage empourpré d'une soudaine colère devant le ton insultant de l'étranger. Venez-en au fait, bon sang, et dites-nous à quel jeu vous êtes venu jouer. Notre soupe refroidit. »

Le Chevalier vert se mit à rire. « Si nous l'appelions le jeu du Nouvel An ? fit-il. Je crois qu'aucun d'entre vous n'y a jamais joué, ni moi non plus. Nous ne tarderons pas à mesurer votre trempe, à vous autres Chevaliers de la Table ronde, et à vérifier si vous êtes aussi preux qu'on le dit. »

À ces mots, il brandit sa grande hache. « Voici ma hache de combat, poursuivit-il. Se trouvera-t-il quelqu'un ici d'assez brave pour s'en saisir ? Quiconque se prêtera au jeu aura une chance, et une seule, de faire rouler ma tête de mes épaules. Je ne livrerai aucune résistance, je ne me défendrai pas. Je ne tressaillirai même pas, j'en fais le serment.

— Est-ce bien là le jeu que vous proposez ? demanda le Haut-Roi, aussi incrédule que le reste de l'assemblée.

— Pas exactement, répliqua le Chevalier vert. Voici les règles du jeu : si un seul de vos chevaliers trouve le courage de relever ce défi, il devra promettre, sur son honneur, que, dans un an et un jour, il se pliera lui-même à… disons, une revanche. Alors ce sera mon tour de frapper le même coup unique, et à l'un d'entre vous de s'agenouiller devant moi, de dénuder son cou et de le recevoir : sans se défendre, sans tressaillir. Eh bien, qui l'ose ? »

Si les conversations s'étaient tues lorsqu'il était entré, la salle était maintenant figée dans un silence de mort, tandis qu'il promenait sur l'assistance un regard noir, attendant que quelqu'un se manifeste. Mais même les plus courageux des chevaliers baissaient les yeux. C'était là un défi qu'ils préféraient tous éviter, si possible. Le Chevalier vert fit cabrer son cheval et parcourut la salle à grand bruit de sabots tout en les observant avec mépris, et aux lèvres une moue de dédain.

« C'est bien ce que je pensais, fit-il, son rire moqueur retentissant dans l'air. Où est passé votre courage ? Où sont donc cet honneur immaculé, cette parfaite chevalerie dont on me rebat les oreilles ? N'y a-t-il donc ici personne d'assez hardi pour accepter ? »

Mais personne ne pipait mot. « Vous n'êtes que poules mouillées, tous autant que vous êtes. Même pire que des poules mouillées. Les poules, au moins, elles caquettent. Je constate que j'ai fait fausse route. Ce n'est pas la cour du roi Arthur, ici. C'est une cour de lâches. »

Piqué au vif, furieux, le roi en avait assez entendu. « Cessez vos insultes ! clama-t-il. Aucun de nous n'a peur de vous. Nous sommes seulement frappés de stupeur devant la bêtise d'un duel aussi ridicule. Il est parfaitement évident

qu'avec une hache pareille, quiconque frappera le premier sortira forcément vainqueur. Mais puisque vous vous montrez si insistant, si impertinent et grossier, c'est moi qui le relèverai, ce défi. Mettez donc pied à terre, tendez-moi votre hache et je vous exaucerai. »

Là-dessus, le roi Arthur descendit d'un bond de l'estrade et traversa la salle à la rencontre du Chevalier vert, qui mit pied à terre et lui tendit aussitôt sa hache.

« Tenez-vous prêt », s'écria le Haut-Roi, en brandissant la hache à bout de bras pour assurer sa prise et sentir le poids et l'équilibre de l'arme.

Le Chevalier vert l'observait sans sourciller. Il dépassait le Haut-Roi d'une tête et des épaules, le faisant paraître minuscule à côté. Sans se soucier de la hache qui fendait l'air, le Chevalier vert défit le col de sa tunique et se tint prêt.

À ce moment, Gauvain se leva. « Non ! » s'écria-t-il. Et, quittant la table, il traversa la salle au secours de son oncle. Il s'inclina profondément devant lui.

« Permettez-moi de prendre votre place, mon oncle. Accordez-moi ce combat, je vous en conjure. Je compte bien montrer à cet homme vert et prétentieux qu'au combat, il n'est pas de chevalier plus courageux que les vôtres. Il est vrai que je ne suis nullement plus brave qu'aucun autre homme ici, je le sais, mais je suis votre neveu. Accordez à votre neveu cette faveur, mon oncle. Car en vérité, mon bon oncle, si je devais y perdre la vie, on me regretterait moins que vous. Vous êtes notre roi, et cette entreprise est trop bête, trop dégradante pour vous. Si l'on vous perd, on perd le royaume. Mais si l'on me perd moi, d'autres pourront toujours prendre ma place.

— Bonté divine, décidez-vous, fit le Chevalier vert en secouant la tête, on ne va pas y passer la journée. »

Ignorant la grossièreté de cet homme, Gauvain s'agenouilla devant le roi. « Permettez-moi de me montrer digne de vous, mon oncle, en tant que votre chevalier et neveu. »

Ces mots furent fort applaudis, et une clameur s'éleva en faveur de la supplique

de Gauvain. Après un moment de réflexion, le Haut-Roi fit signe qu'il réclamait le silence et, prenant Gauvain par la main, l'aida à se relever.

« Comme vous voudrez, mon neveu, dit-il. Je n'aimerais rien tant que faire rouler la grosse tête verte de cet homme de ses larges épaules vertes ; mais je vous en cède volontiers la tâche. Frappez hardiment, mon neveu. De cette façon, je ne vois vraiment pas, à moins d'un miracle, comment vous pourriez le revoir dans un an et un jour. Voici la hache. Vous la trouverez un peu lourde et encombrante, mais elle fera l'affaire. »

Gauvain lui prit la hache, l'agrippa fermement et se retourna pour faire face au Chevalier vert, qui se dressait de toute sa taille devant lui, les mains sur les hanches. Aux yeux de tous, ils évoquaient David et Goliath, et tous espéraient ardemment que ce combat se solde par la même conclusion improbable.

« Bon, dit le chevalier géant, nous avons enfin un champion. Passons aux choses sérieuses. Mais avant, je dois savoir votre nom, et m'assurer que nous acceptons et comprenons bien tous deux les règles du jeu.

— Mon nom est Gauvain, et je connais déjà les règles de votre jeu stupide, fut toute la réponse qu'il obtint.

— Mon bon sire Gauvain, je suis heureux que ce soit vous, fit alors le Chevalier vert, devenu nettement plus poli. Ce sera pour moi un honneur que de recevoir le premier coup d'un chevalier aussi noble et valeureux que vous, car on vous connaît et on vous respecte dans toute la Bretagne, non seulement pour votre courage, mais aussi pour votre grande intégrité. Croyez-moi, il vous faudra des deux, et à forte dose, pour faire face à ce que je vous réserve. Et afin que ne subsiste aucun malentendu, vous devrez promettre sur votre honneur et devant l'assistance ici présente, que, dans un an et un jour, vous viendrez me chercher, afin que je puisse vous rendre comme il se doit le traitement que vous m'infligerez aujourd'hui.

— Je vous le promets de bonne grâce, sur mon honneur de Chevalier de la Table ronde, répliqua Gauvain. Mais comment vous retrouverai-je ? Je ne sais même pas votre nom, ni de quelle région du pays vous venez. Mais dites-le-moi, et je viendrai, vous en avez ma parole.

— Après. Je vous dirai tout ce que vous voulez savoir, mais après, répondit le Chevalier vert. Quand vous aurez fait votre part, je vous dirai précisément où me trouver et qui je suis. » Et, dans un sourire qui fit frissonner le brave Gauvain en personne, il poursuivit :

« Je me réjouirai de vous revoir dans un an et un jour. Je m'en réjouirai, oui, vraiment. »

Avec le même sourire aux lèvres, le Chevalier vert mit un genou à terre devant Gauvain, et découvrit son cou.

« Faites tout votre possible, sire Gauvain, dit-il. Souvenez-vous, vous n'avez qu'une seule chance.

— Faites la paix avec votre créateur », répondit Gauvain en passant un doigt le long de la lame.

Puis, agrippant fermement la poignée et avançant le pied gauche, il prit une profonde inspiration et leva au-dessus de sa tête la grande hache, dont la lame s'alluma de rouge sang dans le reflet des flammes du foyer. Elle s'abattit et trancha le cou du Chevalier vert, rompant net les os, la chair et la peau, et coupant d'un coup la terrible tête qui roula, ignoble, sur le sol vers les seigneurs et les dames assis à table. Et son sang n'était pas vert, comme vous auriez pu le croire, mais bien rouge, comme celui de n'importe qui, et il giclait à flots de la tête et du corps.

Mais au lieu de s'écrouler, comme chacun s'y attendait, ce grotesque corps sans tête se remit sur pied et traversa la salle vers l'endroit où la tête se vidait de son sang, les yeux mortellement clos. Saisissant la sinistre tête par les

cheveux, il alla droit à son cheval, mit un pied à l'étrier et remonta en selle aussi facilement que si rien ne s'était passé. Soudain, les yeux s'ouvrirent et lancèrent vers la salle le plus immonde des regards. Tous en restèrent muets de terreur.

Mais le pire restait à venir, car alors la bouche se mit à parler. « Bien joué, sire Gauvain. Maintenant, je crains qu'il ne vous reste qu'à tenir votre promesse, que vous m'avez donnée librement et ouvertement, devant toute l'assistance présente et devant votre roi. Vous devrez venir me retrouver à la Verte Chapelle, dans un an et un jour. C'est là que je vous rendrai ce que je vous dois, œil pour œil, comme convenu. On me connaît partout comme le Chevalier vert de la Verte Chapelle. Regardez le ciel en chemin et allez où vous mèneront vos yeux et vos oreilles. Je vous attendrai. Ne manquez pas de venir, sire Gauvain, ou le monde se souviendra de vous à jamais comme d'un lâche. »

Il ne dit rien de plus, pas même au revoir, mais, faisant virevolter son cheval, il l'éperonna et sortit de la salle au grand galop ; sous les sabots du cheval jaillirent des étincelles. D'où il venait, personne ne l'avait su ; où il allait, personne ne le savait. Mais comme vous pouvez l'imaginer, je crois, tout le monde fut bien content de son départ.

Un certain temps s'écoula avant que chacun retrouve sa voix, puis ce fut le Haut-Roi lui-même qui rompit enfin le silence. Il était aussi stupéfait et horrifié que les autres par ce qu'il venait de voir, mais il lui déplaisait de voir sa reine et sa cour si déprimées en ce soir de fête.

« Allons, ne nous contrarions pas, dit-il. Après tout, c'était là l'étonnant événement que nous attendions, n'est-ce pas ? Et de tels événements ont autant leur place au Nouvel An à Camelot que les chœurs et les festins. Qu'on le veuille ou non – et je vous concède que ce n'était pas un spectacle très appétissant –, il faut bien admettre que nous n'avions encore jamais rien vu de tel ! Et mieux encore, cela signifie que nous pouvons enfin commencer à festoyer. Aussi, accrochez votre hache, Gauvain, quelque part où nous puissions tous la voir et nous rappeler votre courage, et venez nous rejoindre. Mangeons, mes amis. Buvons. Réjouissons-nous. »

C'est ce qu'ils firent : tous, sauf Gauvain, dont les pensées, comme les nôtres à présent, se tournaient vers le Nouvel An suivant, un an plus tard, vers ce jour terrifiant où il rencontrerait de nouveau le Chevalier vert de la Verte Chapelle.

MAIS UNE ANNÉE ENTIÈRE NE S'ÉCOULE PAS EN UN CLIN D'ŒIL,

ni pour vous, ni pour moi, ni pour Gauvain. Chaque saison doit suivre son cours. Après les festins, les jeux et les joies du Nouvel An, on entre à contrecœur dans le Carême, en mangeant du poisson, et déjà les premiers perce-neige montrent leurs jolies têtes et le froid hivernal commence à relâcher son emprise glacée. Un pâle soleil nouveau chasse les derniers nuages de l'hiver. Primevères et jonquilles promettent des jours plus longs, et l'herbe et les feuilles reverdissent. Les merles babillent dans les jardins bourgeonnants, et les piverts tapent dans les arbres creux. Le premier coucou et la première alouette nous confirment la venue du printemps, tandis qu'hirondelles et martinets apportent l'espoir de l'été, volant au ras des prairies, trompetant sur nos cheminées. À présent les matins se parent de brumes sur la vallée et de rosée sur les jardins. Le saumon remonte la rivière, et la douce brise de l'été nous effleure la joue. La terre, même, se fait toute tiède de vie, et nourrit les graines qui bientôt pousseront pour nous nourrir, nous. Et tout autour de nous, on entend le bourdonnement des abeilles, le bêlement des agneaux, le piaulement de la buse qui plane.

Pourtant, bientôt, c'est la moisson qui nous appelle au champ, et l'on doit se hâter, car on devine à la fraîcheur du soir que l'automne ne tardera plus. Les arbres aux atours si vifs, si beaux de bruns, de

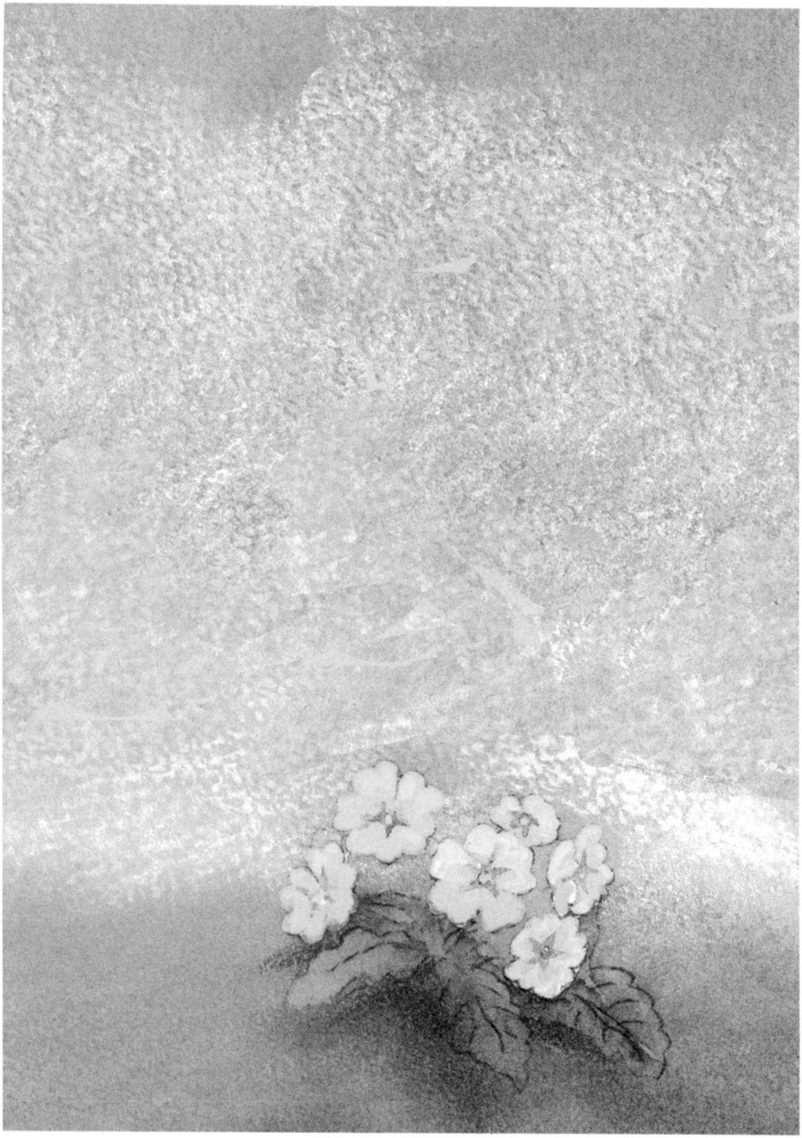

rouges et d'or, se figent dans l'attente des vents forts de l'hiver, qui les rendra de nouveau nus comme squelettes. Voilà revenu le temps de se blottir au coin du feu, et, par les fenêtres qui claquent, de regarder voler les feuilles, et l'herbe passer du vert au gris sous nos yeux.

TANDIS QUE S'ÉCOULAIT CHAQUE **MOIS** DE L'ANNÉE

et que s'enchaînaient les saisons, Gauvain ne pouvait s'empêcher de penser au terrible destin qui l'attendait, toujours plus proche. Combien de nuits il passa éveillé, à souhaiter que le temps ralentisse : mais le temps n'attend ni ne se hâte pour personne. Le mois d'octobre commençait déjà, et il savait qu'il devrait bientôt quitter Camelot et prendre la route. Soutenu par l'amour du roi et de la reine, et par la fraternité des chevaliers, Gauvain resta aussi longtemps qu'il s'y jugea autorisé, jusqu'au jour de la Toussaint. Le dernier soir avant son départ, on donna un grand festin en son honneur, et chacun à Camelot, seigneurs et dames, écuyers et serviteurs, firent de leur mieux pour le réconforter. Mais quoi qu'ils fissent, les plaisanteries et les rires semblaient forcés, et les sourires pâles, car tous comprenaient que c'était là sans doute leur dernier dîner en compagnie du brave Gauvain. Aucun chevalier à la cour n'était mieux aimé ni plus respecté que lui.

Courageusement, mais tristement, Gauvain se leva de table. « Mon oncle, mon bon roi, mes chers amis, déclara-t-il, le moment est venu pour moi de vous dire au revoir. Vous savez où je dois me rendre, ce que je dois faire, et que c'est seulement à la grâce de Dieu que je serai sauvé et de retour ici. Aussi, priez pour moi. C'est tout ce que vous pouvez faire. Sachez que quoi qu'il arrive, je ne vous déshonorerai pas. »

Un à un, tristement, chacun fit ses adieux : sire Lancelot, sire Galaad, sire Bohort, sire Bédivère, chaque chevalier présent, et la reine Guenièvre aussi, et toutes les dames de la cour, dont plusieurs pleuraient sans s'en cacher à l'heure de la séparation. Gauvain fit bonne figure du mieux qu'il put.

« Un homme doit savoir passer à l'action, et faire preuve d'audace, dit-il. Séchez vos larmes. Je reviendrai. »

Le lendemain matin, après une nuit sans sommeil, hanté par ses peurs et ses doutes, Gauvain se leva de bonne heure et se fit apporter vêtements et armure. Ses serviteurs lui firent d'abord revêtir son pourpoint et sa cape ourlée de fourrure, qu'ils lui serrèrent autour du cou contre le froid. Ils attachèrent son armure, toute brillante, jusqu'à ce qu'il soit recouvert d'acier : les cuisses, les bras et même les mains. Par-

dessus, ils posèrent une lourde tunique écarlate, merveilleusement brodée, et ils ceignirent sa taille d'un ceinturon de soie bleu canard. Ses éperons d'or au pied, l'épée dans son fourreau, il était fin prêt à affronter n'importe quel ennemi.

En quittant sa chambre, Gauvain se rendit directement à la chapelle pour dire la messe, puis fila dans la cour retrouver Gringalet, son fidèle cheval de guerre, tout aussi richement apprêté et

cuirassé que son maître. Lorsqu'il se fut mis en selle, ses serviteurs lui tendirent son casque. Et quel casque ! Rembourré à l'intérieur, il était poli et orné de bijoux à l'extérieur. Le gorgerin était assez solide pour protéger sa tête même des coups les plus terribles. Lorsqu'il eut attaché son casque, on lui tendit son bouclier, qui portait les armoiries de son blason. Il s'agissait d'un pentacle doré, une étoile à cinq branches, dont chaque pointe représentait une des vertus auxquelles tout chevalier se doit d'aspirer : la bonté, l'intégrité, la chevalerie, la loyauté et la sainteté. Et à l'arrière du bouclier, sous ses yeux s'il venait à manquer de courage, était peint le visage de la sainte Vierge Marie elle-même.

Alors, sous la neige, il fit ses ultimes adieux à son oncle le roi, qui lui tendit sa lance.

« Que Dieu vous accompagne, mon neveu », fit le Haut-Roi.

« Bonne route ! » s'écrièrent les serviteurs, et chacun d'eux avait le cœur lourd. Pas un d'entre eux ne s'attendait à le revoir un jour.

Quand il eut passé le pont-levis, Gauvain résolut de rejeter tous les doutes et les craintes qui le rongeaient. Il savait qu'il avait devant lui un long et périlleux voyage, et qu'il aurait besoin de tous ses esprits et de tout son courage ne serait-ce que pour y survivre. Aussi éperonna-t-il Gringalet et chanta-t-il d'une voix forte pour se donner du courage, pour se donner de l'espoir.

Mais alors, comme il se demandait quelle voie suivre, il se souvint des mots du Chevalier vert : « Regardez le ciel sur votre route, et allez là où vos yeux et vos oreilles vous mèneront. »

Gauvain leva les yeux, et au même moment, il entendit un chant, non pas de voix humaines, mais plutôt un chant d'ailes.

Haut dans le ciel, loin devant lui, passait un vol d'oies en direction du nord : mélodieuse pointe de flèche dans le ciel. C'était le signe que Gauvain savait devoir suivre pour atteindre tôt ou tard l'endroit au monde qu'il craignait le plus… la Verte Chapelle du Chevalier vert.

Au cœur de l'âpre hiver, Gauvain traversa à cheval les terres les plus désolées de Bretagne, suivant toujours les oies et gardant les monts sauvages du pays de Galles à sa gauche. La nuit, il couchait souvent à la belle étoile, enveloppé dans sa tunique, avec son seul cheval à ses côtés pour l'abriter des vents glacés.

La nourriture, en ces terres gelées, était rare. Il devait se contenter des quelques noix et noisettes qu'il débusquait, celles que les écureuils et les mulots n'avaient pas déjà mangées. Au bout de quelques jours, il parvint au comté de Wirral, où il trouva les gens les plus sauvages et inhospitaliers qu'il eût jamais rencontrés. S'il venait à demander le gîte ou le couvert, ils le chassaient de leurs taudis avec force jurons. Et si jamais il demandait où se trouvait le Chevalier vert de la Verte Chapelle, ils lui lançaient des pierres en l'insultant et refusaient de répondre.

Loin de chez lui à présent, et loin de ses amis, Gauvain chevauchait seul, n'ayant pour compagnie que les oies qui le guidaient et Gringalet. Affaibli par le froid et la faim, il était souvent obligé de se défendre contre les bandits de grand chemin qui l'attendaient en embuscade, ou les animaux sauvages qui le prenaient en chasse. Dans l'ombre du crépuscule, un soir, il fut poursuivi par une meute de loups. Comme Gringalet était trop épuisé pour galoper, Gauvain mit pied à terre, leur fit face et les tua un par un tandis qu'ils se jetaient sur lui.

Une autre fois, c'est un dragon cracheur de feu qui lui bloqua le chemin. Gauvain lui transperça immédiatement le cœur de sa lance et passa son chemin. Hommes des bois féroces et fous, sangliers, taureaux, ours, notre chevalier les évinça

tous, même l'ogre à trois yeux d'Orall qui déclarait qu'il ne laisserait passer Gauvain qu'à condition de manger son cheval.

« Mon Gringalet est fait pour être chevauché, pas mangé », répliqua Gauvain, et, tirant son épée, il attaqua l'ogre qui faisait pourtant le double de sa taille.

Après une bataille farouche qui dura toute la matinée, Gauvain porta enfin l'estocade. Laissant l'ogre mort gisant au sol, il remonta à cheval et continua sa route, en suivant les oies toujours plus au nord.

Ce n'était pas de ces dangers que Gauvain souffrait le plus, mais du froid. Qu'il dorme ou qu'il chemine, le grésil transperçait son armure et le gelait jusqu'à l'os. Autour de lui, le monde était de glace, et sur sa route le chevalier perdait beaucoup de force et presque tout espoir. Il se mit à désespérer de jamais découvrir la Verte Chapelle. Il n'y avait personne à qui poser de question, personne qui pût l'aider.

Un jour, tandis qu'il chevauchait à travers ces collines hostiles, parmi les stalactites glacées qui pendaient des roches tranchantes autour de lui, Gauvain leva les yeux et constata que même ses oies fidèles avaient déserté le ciel.

« J'ai perdu toute chance de trouver l'endroit que je cherche, se dit-il. Et si je calcule bien, nous sommes déjà à la veille de Noël. »

Dans sa détresse, il pria à voix haute la Vierge Marie pour que, dans sa mansuétude, elle veuille bien l'aider, et le guider vers quelque abri où se réchauffer pour la nuit, sans quoi il mourrait de froid. Sous sa selle, Gringalet foulait vaillamment la neige, même si, comme son maître, il était bien affaibli. Il tomba d'ailleurs plus d'une fois à genoux. Il était à bout de forces. Alors Gauvain mit pied à terre et ils marchèrent côte à côte, le long d'un chemin qui menait au fond d'une ravine surplombée de chaque côté par des arbres chétifs, chênes, aubépines et noisetiers ; l'endroit était si sombre et sordide que même les oiseaux n'y venaient pas chanter.

Le pire restait à venir. En sortant de la ravine, ils débouchèrent sur un marécage, dans lequel ils s'enfoncèrent si profondément que Gauvain crut bien que lui et Gringalet y couleraient ensemble pour disparaître à jamais. Il se remit à prier, avec encore plus de ferveur, les yeux fermés, et se signant de nouveau, il supplia la Vierge Marie de les sauver tous les deux. C'est alors qu'ouvrant les yeux, il aperçut devant lui, entre les arbres, les tours d'un château extraordinaire. Ils s'arrachèrent au marécage, et quittèrent l'ombre des arbres pour atteindre une plaine inondée de soleil qui révélait le grand château serti de brume.

« Voilà une vue qui me réjouit, Gringalet, s'écria-t-il. Dieu en soit loué. Nous sommes sauvés. Mais je ne marcherai pas un pas de plus. Laisse-moi monter sur ton dos pour le peu qu'il reste à parcourir, après quoi tu te reposeras, je te le promets. »

Gringalet se tint immobile, si bien que Gauvain se mit en selle et traversa la vaste plaine qui le séparait du château, lequel était entouré de larges douves et d'une palissade de piquets pointus. Le soleil couchant parait d'un éclat d'or le château, et quel château ! Les murs extérieurs de cette imposante bâtisse de pierre protégeaient une grande salle des banquets, et autour de cette salle splendide, il y avait plus de tours, de tourelles et de pinacles que Gauvain n'en pouvait compter, et tous si richement décorés et merveilleux qu'il n'en avait jamais vu de pareils.

Caressant l'encolure de Gringalet, Gauvain le poussa à avancer une dernière fois. Il le mena tout au bord des douves, et s'apprêtait à appeler lorsque le pont-levis descendit, et un portier souriant apparut à la herse.

« Je me demande, mon brave, fit Gauvain, si vous pourriez demander au seigneur de cette belle maison si je puis y rester pour me reposer un moment.

— Bien sûr, bien sûr, s'écria le portier, mon maître n'est pas homme à rejeter un étranger. Je ne doute pas que vous puissiez rester aussi longtemps que vous le souhaiterez. »

Là-dessus, la herse fut levée et aussitôt Gauvain se trouva entouré de serviteurs, d'écuyers et de chevaliers, qui tous l'accueillirent fort chaleureusement. Quelques-uns emmenèrent Gringalet à l'écurie, où ce pauvre cheval épuisé fut frotté, séché et reçut tout le foin et la paille dont il avait besoin, tandis que d'autres menaient Gauvain à la salle des banquets du château, où il trouva un spectacle propre à lui réchauffer le cœur, et le corps aussi : un énorme feu ronflant et crépitant. Là, tandis que ses mains et ses pieds reprenaient vie, on le débarrassa de son casque, de sa tunique mouillée et de son armure, et on lui offrit un verre de vin chaud aux épices, un verre si brûlant

que tout le froid qui l'habitait se dissipa en quelques minutes.

Tandis qu'il buvait en se réchauffant auprès du feu, dans la salle pénétra le seigneur de ces lieux. Les deux chevaliers se saluèrent comme de vieux amis, bien qu'ils ne se fussent jamais rencontrés de leur vie.

« Je vous remercie, mon bon seigneur, s'écria Gauvain, pour la grande gentillesse que vous me témoignez par cet accueil. »

Gauvain éprouva la force terrible de l'homme lorsqu'ils se prirent dans les bras, et la vit à sa carrure. Tout était imposant chez lui, son large sourire, sa grosse voix, ses larges épaules et son gros visage rond, assorti d'une barbe broussailleuse, épaisse et fauve.

« Bien que vous soyez fort élégamment habillé, déclara le seigneur qui tenait Gauvain à bout de bras, il va nous falloir vous débarrasser sur-le-champ de vos vêtements de voyage et vous en donner d'autres qui soient plus… comment dire, plus propres ! » Et tandis qu'ils riaient ensemble, le seigneur fit entrer ses serviteurs, qui emmenèrent Gauvain dans la chambre la plus luxueuse qu'il eût jamais vue.

Les murs étaient couverts des tapisseries les plus délicates. Le baldaquin et les couvertures du lit étaient de soie brillante, brodée de motifs exquis et complexes de fleurs et d'oiseaux. Les serviteurs lui apportèrent, par douzaines, des tenues somptueuses pour qu'il puisse choisir celle qui lui plairait le mieux. Puis ils le raccompagnèrent dans la grande salle, où le seigneur et sa cour s'étaient rassemblés pour l'accueillir. Ils l'assirent auprès du feu, et aussitôt une table fut dressée et placée devant lui. C'est alors qu'on apporta toute la nourriture dont il rêvait : d'épais potages épicés, toutes sortes de poissons, cuits dans le sel, rôtis au four ou en ragoût. Il fit les plats nets et arrosa le tout d'un peu plus de vin chaud.

Ces bons soins lui avaient si bien remonté le moral, si bien apaisé ses os endoloris, que Gauvain se sentit bientôt complètement rasséréné et rétabli. En bons hôtes, le seigneur du château et ses invités attendirent patiemment qu'il eût fini, avant que le seigneur lui demande enfin ce que toute l'assemblée brûlait d'envie de savoir.

« Eh bien, l'ami, nous direz-vous à présent qui vous êtes et d'où vous venez ?

— Je viens de la cour du grand roi Arthur, répondit-il, et mon nom est sire Gauvain. »

À ces mots, on entendit des cris de surprise et d'admiration, car la réputation d'un Gauvain chevaleresque, courtois et courageux l'avait précédé.

Tous les seigneurs présents aspiraient à lui ressembler, et toutes les dames présentes en tombèrent amoureuses au premier coup d'œil, car elles virent que Gauvain était aussi beau qu'il était brave.

Il était déjà près de minuit, et les cloches de la chapelle sonnaient, appelant les convives aux vêpres de Noël. Le seigneur du château mena Gauvain à sa place

d'honneur dans la chapelle, et le présenta à son épouse, qui était assise juste de l'autre côté de l'allée. C'était une femme d'une beauté si parfaite que Gauvain eut toutes les peines du monde à se concentrer sur ses prières, bien qu'il sût combien il devait rendre grâce à son sauveur pour la journée passée. Elle est encore plus belle que Guenièvre, pensait Gauvain, en fermant les yeux moins pour prier que pour s'empêcher de l'observer avec émerveillement. Mais il était impossible de ne pas la regarder. Lorsqu'il releva les yeux, il remarqua à ses côtés une femme beaucoup plus vieille, couverte d'autant de verrues et de rides que le plus vilain crapaud du monde. Drôle de tableau, pensa Gauvain : une sale vieille bonne femme au regard mauvais, poils au menton, verrue au nez, et un modèle de beauté au visage angélique. Mais il ne faut pas que je me laisse aller à penser à elle plus longtemps. Tu es dans une chapelle, Gauvain, et elle est l'épouse d'un autre homme.

Mais quand les vêpres furent finies, Gauvain ne put se contenir, et s'approcha de l'épouse du seigneur pour converser avec elle. Leur échange fut bref, juste le temps d'échanger de jolis compliments et de se souhaiter tendrement bonne

nuit. Puis le seigneur le ramena au coin du feu, et les deux chevaliers burent ensemble gaiement jusqu'au petit matin, savourant leur compagnie mutuelle, car chacun trouvait beaucoup à apprécier et à admirer chez l'autre.

« Voulez-vous rester plus longtemps, Gauvain ? demanda le seigneur sur le point d'aller enfin se coucher. Nos fêtes de Noël n'en seront que plus joyeuses. Qu'en dites-vous ?

— J'accepte avec joie, répliqua Gauvain. Merci. » Et, sur une grande accolade, les deux hommes se séparèrent et montèrent se coucher. Aucun chevalier ne dormit plus profondément que Gauvain cette nuit-là.

Puis ce fut le matin de Noël, ce temps où l'on se rappelle, dans la joie et la gratitude, cet enfant béni, né dans une étable, qui vécut et mourut pour apporter paix et bienveillance sur terre. Ce n'étaient pas les chœurs qui manquaient ce jour-là, et à la chapelle les messes furent solennelles, mais l'heure était avant tout à la danse et au festin. Et au festin comme à la danse, Gauvain se trouva fréquemment attiré vers la belle dame du château, comme un papillon de nuit vers le feu.

Aux repas, ils étaient toujours assis côte à côte, tandis que le seigneur semblait se contenter de la compagnie de l'affreuse vieille bonne femme. Mais bien que Gauvain fût ébloui par la beauté ensorcelante de sa compagne de tous les instants, il réussit à maintenir une conversation polie et convenable, en digne chevalier. C'était loin d'être facile, car elle ne cachait nullement, ni à lui ni au reste de l'assemblée, qu'elle n'avait d'yeux que pour lui, et se sentait fascinée au moindre mot qu'il prononçait.

Distrait de la sorte, Gauvain pensait à peine au destin qui l'attendait à la Verte Chapelle. Mais par instants, la peur l'envahissait tel un nuage noir, et chaque fois la dame était là, les yeux étincelants et le rire communicatif, pour le tirer de son désespoir et lui remonter le moral.

Trois longues et heureuses journées durant, avec bien peu de temps pour dormir, les festivités se poursuivirent. Personne, Gauvain et la charmante dame encore moins que les autres, ne voulait voir se clore le dernier soir des réjouissances, car ils savaient tous qu'au matin, la fête serait finie et que Gauvain, comme bien d'autres invités, devrait partir. Minuit avait sonné depuis longtemps, et Gauvain prenait congé, lorsque le seigneur du château le prit par le coude et l'attira dans un coin, pour qu'ils puissent se parler en privé.

« Je ne veux pas que vous partiez, Gauvain, mon ami, dit-il. Restez encore un peu, faites-le pour moi, juste un peu plus longtemps.

— Sire, répliqua Gauvain, comme j'aimerais que ce fût possible. Je ferais tout ce qui est en mon pouvoir pour vous rendre toute la gentillesse que vous m'avez témoignée sans en dire mot. Croyez-moi, je n'aimerais rien tant que de rester ici avec vous. Mais l'honneur exige que je reparte demain matin. Je n'ai pas d'autre choix.

— Pourquoi ? demanda le seigneur. Qu'est-ce qui est si urgent qu'on ne puisse le retarder de quelques jours ? Je sais que quelque chose vous afflige, Gauvain. N'importe quel homme le remarquerait, n'importe quelle femme aussi d'ailleurs. Mon épouse m'a dit que même au cœur des plus belles réjouissances, votre front peut soudain s'assombrir, comme si vous assaillaient les peurs les plus terribles. Dites-moi la raison de ce trouble, Gauvain. »

Alors Gauvain raconta au seigneur toute l'histoire, tout ce qui s'était passé un an plus tôt à la cour du roi Arthur, et la promesse qu'il avait faite au Chevalier vert de la Verte Chapelle le jour du Nouvel An.

« À présent, sire, vous savez pourquoi je dois partir, pourquoi je ne souhaite pas partir, et pourquoi je dois y aller. Et je n'ai plus beaucoup de temps. Je ne sais toujours pas où trouver cette Verte Chapelle. »

À ces mots le seigneur lui lança une joyeuse tape dans le dos. « Eh bien, ne vous inquiétez pas pour ça, dit-il, car la Verte Chapelle dont vous parlez n'est qu'à quelques milles d'ici. C'est un endroit que je connais bien. Le moment venu, je chargerai l'un de mes serviteurs de vous y conduire ; cela prendra une demi-matinée, guère plus. Ainsi, vous voyez, vous pouvez rester ici et ne repartir que le matin du Nouvel An. Vous serez largement dans les temps.

— En êtes-vous bien sûr ? demanda Gauvain.

— Parfaitement certain, répondit le seigneur en l'entourant de son bras. Écoutez, Gauvain, pour quelques jours je vous demande d'oublier votre rendez-vous, et de ne songer qu'à prendre du bon temps. Mangez, buvez, amusez-vous ; vous connaissez le dicton : “Car demain, nous mourrons.” » Et le rire tonitruant du seigneur éclata dans la salle.

Gauvain, qui ne se sentait pas capable de rire de si bon cœur, fit de son mieux pour faire bonne figure.

« Alors je reste, dit-il, et avec joie. Mais comment vous revaudrai-je votre généreuse hospitalité, toute cette

affectueuse bonté ? S'il est jamais une faveur que je puisse vous faire, sire, vous n'avez qu'à demander et ce sera fait.

— S'il en est une, mon ami, je vous la demanderai, répliqua le seigneur. Vous pouvez y compter. »

Ainsi Gauvain resta, et passa toute la journée du lendemain avec les dames, à se promener et à converser, et le soir apporta un nouveau festin et de nouvelles danses – sous le regard vigilant, Gauvain s'en aperçut, de l'antique harpie qui les suivait partout comme une ombre, les yeux toujours fixés sur Gauvain, comme si elle inspectait son âme. Mais malgré cela, cette journée fut encore plus plaisante que les précédentes, car les invités étaient à présent moins nombreux, et par moments Gauvain put profiter de la présence presque exclusive du seigneur et de sa délicieuse dame.

Quand tout le monde fut parti se coucher, les deux chevaliers restèrent seuls ensemble, à converser en échangeant des réflexions, jusque tard dans la nuit, les pieds au chaud au coin du feu. Puis soudain, le seigneur du château s'inclina vers Gauvain.

« Dites-moi, Gauvain, étiez-vous sincère hier soir, lorsque vous m'avez promis de me rendre service si je vous le demandais, ou n'était-ce que paroles en l'air ?

— Bien sûr, que j'étais sincère, répondit Gauvain. Demandez-moi tout ce que vous voudrez.

— Dans ce cas, fit le seigneur, un sourire aux lèvres, voici ce que je vous propose. J'ai l'intention de partir tous les jours à la chasse, les trois jours qui viennent. Après votre long voyage en selle, trois rudes journées de chasse sont bien la dernière chose dont vous puissiez avoir envie. Aussi, pourquoi ne pas rester ici vous occuper de mon épouse et lui tenir compagnie. Elle déteste qu'on la laisse seule. Feriez-vous ça pour moi ? Elle s'occupera très bien de vous, j'en suis bien certain. Elle veillera à combler vos moindres désirs.

— Rien ne me ferait plus plaisir, répondit Gauvain, et il pesait ses mots.

— Mais, une dernière chose, poursuivit le seigneur. Je suis joueur, je l'ai toujours été. J'aimerais que vous et moi jouions à un petit jeu. En voici les règles : tout ce que je ramènerai de ma journée de chasse, tout ce que j'attraperai, je vous le donnerai. Et en échange, tout ce que vous recevrez ici, si petit et insignifiant que cela paraisse, vous me le donnerez en retour à la fin de la journée. Est-ce que cela vous semble juste ? Voulez-vous jouer ?

— Pourquoi pas ? » répondit Gauvain. Et, en riant, ils scellèrent leur accord d'une poignée de main. « Je vous souhaite, dans mon intérêt, bonne chasse.

— À vous aussi, répliqua le seigneur du château. Arrosons notre pacte avec plus de vin, qu'en dites-vous ? » Et c'est ce qu'ils firent, avec du vin, encore et encore, jusqu'à ce qu'enfin le feu meure à leurs pieds, et que le froid de la nuit, s'immisçant dans la salle, les force à monter se coucher.

TÔT LE LENDEMAIN MATIN, ALORS QUE, PERDU DANS SES RÊVES, Gauvain dormait encore, le seigneur, déjà levé, s'habillait pour la chasse, comme tous les autres hommes présents dans le château, serviteurs, écuyers et chevaliers. On chanta la messe, comme toujours. Ensuite, tous allèrent boire leur bouillon du matin, tandis qu'on préparait leurs chevaux dans la cour enneigée ; les chiens de chasse gambadaient à leurs pieds, remuant la queue, fous d'excitation. Puis, quand le seigneur et sa suite furent en selle, toute la compagnie traversa le pont-levis à grand bruit de sabots, leurs haleines chaudes (chevaux, hommes et chiens) montant dans l'air glacé.

Une fois traversée la plaine, dans la forêt, les cornes résonnèrent, marquant le début de la chasse pour les chiens déchaînés. La vallée entière retentit bientôt de leur chœur d'aboiements, de glapissements et de hurlements, semant la crainte parmi les cerfs de la forêt. En les entendant, chaque cerf savait qu'il n'y aurait nulle part où se cacher, que la vitesse seule pourrait les sauver, et que les plus lents d'entre eux devraient mourir ce jour-là. Aussi prirent-ils leurs jambes à leur cou, cerfs, daims et biches, traversant l'ombre tachée de soleil des sous-bois, franchissant d'un bond les rivières en crue, grimpant les ravins rocailleux, s'efforçant désespérément de battre de vitesse les chiens, de semer les chasseurs. Mais les chiens les avaient vus, et les talonnaient sans relâche.

Tapis plus loin dans la forêt, devant les cerfs, se cachaient les rabatteurs, qui, lançant soudain une clameur terrible, les repoussèrent vers les flèches des chasseurs, vers les dents acérées des chiens. Sans relâche, les archers laissaient filer leurs flèches, frappant chaque fois un nouveau cerf. Sans relâche, les chiens acculaient les vieux cerfs et les mettaient à terre. En sueur à force de courir, mais sans se lasser, le seigneur et ses chasseurs restèrent en selle toute la journée, poursuivant les cerfs partout où ils allaient, au fond de profondes vallées boisées, au sommet de landes escarpées. Plus d'un cerf mourut ce matin-là, mais plus d'un aussi fut libre de s'enfuir. Le seigneur, aussi prévenant envers ses proies qu'envers ses invités, veillait à ce qu'on ne tue que les vieux et les faibles, et laissait aux autres la vie sauve.

Pendant ce temps, au château, Gauvain dormait encore. Émergeant à peine d'un rêve, il ne sut pas d'abord si les pas qu'il venait d'entendre étaient réels ou imaginés. S'éveillant complètement, il

s'assit et entrouvrit très légèrement son rideau de lit. La dame du château, cette sublime créature, se tenait là, dans sa chambre, en robe de nuit. Elle était en train de fermer silencieusement la porte derrière elle. Vite, Gauvain se rallongea et fit mine de dormir profondément. Le cœur battant la chamade, il entendit le bruit léger de ses pas, entendit s'ouvrir les rideaux du lit, et sentit le lit s'enfoncer comme elle s'asseyait auprès de lui.

Que vais-je donc faire ? pensa Gauvain. Elle ne vient quand même pas ici pour parler de la pluie et du beau temps, si ? Je ferais peut-être mieux de découvrir ce qui l'amène. Alors, faisant comme s'il se réveillait à peine, il se tourna sur le dos, s'étira et bâilla. Puis il ouvrit les yeux. Il fit de son mieux pour feindre la surprise, mais il se rendait compte lui-même qu'il n'était pas très convaincant.

« Enfin, vous vous éveillez, sire Gauvain ! Je ne vous aurais pas cru si gros dormeur, s'écria-t-elle en promenant sur lui son regard rieur. Ainsi, je vous ai enfin à ma merci.

— Si vous le dites, ma dame », répliqua Gauvain en s'asseyant. Tout en parlant, il essayait de reprendre ses esprits. « Vous savez que je ferais tout ce qui est en mon pouvoir pour vous satisfaire, ma dame, poursuivit-il, cherchant péniblement ses mots. Mais il me semble que je préférerais commencer par me lever et me vêtir ; si vous n'en prenez pas ombrage, bien sûr.

— Mais j'en prends ombrage », rétorqua-t-elle d'un ton de reproche, et elle se rapprocha de lui sur le lit. « Au plus haut point. Je tiens le grand sire Gauvain tout près de moi. Croyez-vous que je puisse le laisser filer ? Est-ce qu'une dame digne de ce nom le laisserait filer ? J'en doute fort. Je vous sais réputé à travers tout le pays pour votre courtoisie, votre chevalerie et votre honneur. Mais mon mari est à la chasse avec ses amis, et après la fête d'hier soir, le reste de la compagnie dort encore. Nous sommes seuls au monde. » Elle se pencha sur lui, son charmant visage, sa douce peau près de la sienne.

« Ma dame, répliqua-t-il, je ferai preuve d'honnêteté. Dieu sait que je suis loin d'être aussi honorable que je le souhaiterais, ou que ma réputation le suggère. Je ne souhaite rien moins que de vous contrarier, ma dame, mais si nous conversions plutôt ? J'aime converser. J'ai l'art de la conversation. Je serai drôle, sérieux, charmant ou attentionné, comme il vous plaira. »

La dame se mit à rire, prit Gauvain par la main et l'attira encore plus près. « Cher Gauvain, fit-elle en le regardant droit dans les yeux tant et si bien que son cœur en fondit presque, il n'est pas une dame en ces terres qui ne mourrait d'envie de prendre ma place. En vous, je trouve tout ce qu'une femme peut désirer : la beauté, la force, le charme. Vous êtes le chevalier le plus sincèrement courtois et chevaleresque que j'aie jamais rencontré. »

Elle soupira langoureusement et le caressa si tendrement du regard que Gauvain faillit rendre les armes.

« Je suis très flatté, ma dame, que vous ayez une si haute opinion de moi. Aussi m'efforcerai-je de me montrer à la hauteur de cet idéal chevaleresque dont vous m'attribuez les mérites, et auquel je ne manque pas d'aspirer. Je serai votre serviteur et votre sincère chevalier, et me refuserai à vous blesser ou vous nuire d'aucune manière, ou à profiter de vous. Mon seul désir est de vous protéger. »

À ces mots, la charmante dame leva les mains d'un air de désespoir. « Gauvain, vous me décevez, déclara-t-elle. Mais je ne quitterai pas cette chambre sans un baiser. En tant que mon chevalier, c'est le moins que vous puissiez faire. En me le refusant, vous me blesseriez profondément. »

Un seul baiser, pensa Gauvain, où est le mal ? À condition que je ne le savoure pas trop, tout ira bien.

« En tant que votre chevalier, la dernière chose que je souhaite serait de vous blesser, ma dame, répondit Gauvain. Étant votre serviteur je vous obéirai, de grand cœur. Embrassez-moi, ma dame. » Alors elle l'embrassa longuement et passionnément, puis quitta vivement la pièce.

Abasourdi par ce baiser, Gauvain resta assis là, désorienté, soulagé qu'elle soit partie mais brûlant d'envie qu'elle l'embrasse de nouveau. Il se lava et s'habilla promptement puis descendit retrouver toutes ces dames, qui l'attendaient. En plus de la dame du château, elles étaient une douzaine à l'entourer ce jour-là. Et comme elles étaient aux petits soins pour lui, vous imaginez bien que Gauvain ne manqua pas de savourer sa journée. Mais où qu'il aille, quoi qu'il fasse, il sentait cette vieille mégère, cette sale bonne femme ridée, l'observer en permanence, souvent dans son dos, si bien qu'à la fin de la journée, Gauvain souffrait d'un terrible torticolis.

Quand le soleil couchant descendit sous les fenêtres de la salle des banquets, ils entendirent le grincement du pont-levis. Se précipitant pour regarder, ils virent les chasseurs arriver dans la cour envahie de pénombre à grand renfort d'éperons, les sabots de leurs chevaux jetant des étincelles sur les pavés. L'excitation était à son comble quand dans la salle entra le seigneur des lieux, taché de boue par la chasse, un énorme cerf en travers des épaules. Il déposa aussitôt ce dernier aux pieds de Gauvain.

« Voici pour vous, Gauvain, mon ami, s'exclama-t-il d'un accent de triomphe. Regardez ce que je vous apporte. J'en ai vingt autres comme celui-ci, et tous sont pour vous, comme promis. Eh bien, que pensez-vous de mes prouesses ?

— Je m'en émerveille, mon seigneur, commença Gauvain en choisissant soigneusement ses mots. Mais, pour ma part, je crains fort de vous décevoir, car voici tout ce que je puis vous offrir en retour. » Là-dessus, Gauvain s'avança, mit ses bras autour du cou du seigneur du château et lui donna un baiser sur la joue, à grand bruit pour que tout le monde puisse l'entendre.

En riant, le seigneur s'essuya la joue d'un revers de main. « Bon, c'est mieux que rien, je suppose, fit-il, mais je l'aurais d'autant mieux apprécié si j'avais su comment vous aviez reçu ce baiser.

— Cela, vous ne le saurez jamais, repartit Gauvain. Ça n'était pas compris dans notre accord. Je ne vous ai pas demandé comment vous aviez tué votre cerf, si ? Point de questions, mon seigneur. Vous avez reçu tout ce que je vous devais, un point c'est tout.

— Fort bien, mon ami, fit le seigneur du château. Je meurs de faim. Je vais commencer par prendre un bain, puis nous mangerons, boirons et festoierons encore. »

Jusque tard dans la nuit, tous deux mangèrent et burent, parlèrent et rirent ensemble. Puis, autour d'un dernier gobelet de vin (et dans leur sagesse, ils avaient réservé le meilleur vin pour la fin), les deux chevaliers conclurent exactement le même pacte pour le lendemain.

« Et j'aimerais bien recevoir quelque chose d'un peu plus intéressant cette fois, si possible, fit le seigneur du château en riant, tandis qu'ils montaient dans leurs chambres.

— Je ferai de mon mieux, répondit Gauvain. C'est promis. »

Au troisième chant du coq, le seigneur était déjà levé et s'habillait. Comme auparavant, on dit la messe, et l'on prit un petit déjeuner rapide. Puis le seigneur et ses chasseurs sortirent dans la froide grisaille de l'aube et se mirent en selle, pressés de repartir. Les chiens aussi étaient impatients et humaient déjà l'air, la truffe haute. Là-haut dans sa chambre, tandis que la chasse s'éloignait au galop, Gauvain n'entendit rien. Endormi d'un profond sommeil, il évacuait les excès de la nuit passée.

Au loin par-delà les collines, les chasseurs pénétrèrent dans une profonde vallée d'épines et de fourrés où ils savaient que rôdaient les sangliers sauvages. Ils n'eurent pas longtemps à attendre avant que les chiens ne repèrent une odeur et donnent de la voix ; leurs hurlements rivalisant de puissance avec la corne des chasseurs, la vallée entière retentit de cet épouvantable vacarme. Aboyant en chœur, les chiens traversèrent un marécage boueux avec force éclaboussures, piquant droit sur une falaise au pied de laquelle se dressait un amoncellement escarpé de roches aux arêtes tranchantes. Là ils s'arrêtèrent, et aboyèrent si férocement que les chasseurs devinèrent que la bête devait se cacher quelque part là-dessous, au fond de quelque grotte ou entaille ; mais aucun homme ni aucun chien n'osait se lancer à sa suite.

Alors, une de ces roches sombres sembla soudain prendre vie et se transformer en un sanglier furieux. Il sortit de nulle part et chargea droit sur eux, le plus gros sanglier que le seigneur

eût jamais vu, et le plus vicieux. En un clin d'œil ils virent qu'il était vieux ; c'était une évidence, vu la taille de ses énormes défenses. À son âge, il devait être rusé, et il était encore agile de ses mouvements.

Cet ennemi formidable, monstre hérissé, en rage contre ses bourreaux, frappa furieusement de ses défenses les chiens qui couraient vers lui, et les jeta hors de son chemin aussi facilement que

s'il ne s'était agi que de pauvres chiots. Et croyez-moi, ceux qu'il embrocha du bout de ses défenses ne s'en relevèrent jamais, mais restèrent morts à terre, se vidant de leur sang, à vous en déchirer le cœur. Bravement, les chiens se jetèrent sur lui, et bravement il se défendit, transperçant le premier, puis le suivant, si bien que, très vite, la meute cessa ses aboiements assoiffés de sang, puis se mit à gémir et pleurer de peur et de chagrin. Finalement,

elle cessa d'avancer, réticente à attaquer de nouveau ce monstre. En désespoir de cause, les chasseurs tentèrent de lui tirer dessus à coups de flèches, mais les flèches ne firent que rebondir sur son cuir hérissé. Ils projetèrent leurs lances sur lui, mais chacune ne put que se briser à son contact.

Alors les chasseurs comme les chiens se tinrent immobiles, impressionnés par cette bête invincible qui leur échappait une fois de plus, se demandant s'ils avaient enfin trouvé leur maître. Mais sans se soucier du danger, le seigneur se lança à sa poursuite, fonçant à travers les fourrés et hurlant « Taïaut ! » si férocement que, devant son courage et sa détermination, chasseurs et chiens le suivirent. Ils n'avaient pas dit leur dernier mot.

Pendant ce temps, au château, Gauvain s'éveillait à peine. Ce qui se passa alors, il s'y attendait plus ou moins. Il entendit la porte s'ouvrir, et la dame se glisser doucement vers son lit. Cette fois, il était prêt à l'accueillir. Lorsqu'elle ouvrit son rideau de lit, il s'assit. « Bien le bonjour, ma dame », s'exclama-t-il joyeusement.

Elle s'assit à son côté et lui caressa doucement le front. « Comment ? Bien le bonjour ? roucoula-t-elle. Est-ce là tout ce que je mérite ? Ne vous ai-je donc rien appris hier ? Ne nous sommes-nous pas embrassés, et aujourd'hui je n'ai droit qu'à "Bien le bonjour" ?

— Ma dame, répliqua Gauvain. Ce n'est pas à moi de vous offrir un baiser. Si je tentais de vous embrasser alors que vous ne le souhaitiez pas, je serais en tort, n'est-ce pas ?

— Comment pourrais-je ne pas le souhaiter ? fit-elle, l'enjôlant de ses yeux brillants. Et quand bien même je ne le souhaiterais pas, je ne peux pas vous empêcher de m'embrasser, si ?

— Mais je ne ferais jamais ça, protesta Gauvain. Jamais un chevalier n'utiliserait sa force pour menacer une dame. Mais si vous désirez vraiment m'embrasser, je vous en prie, ne vous gênez pas. Après tout, le baiser d'une dame à son chevalier est chose parfaitement acceptable. »

Alors la charmante dame se pencha vers lui et l'embrassa si tendrement que Gauvain manqua d'en défaillir de bonheur. Il aurait voulu que ce baiser ne prenne jamais fin. Mais il fallait qu'il prenne fin, et vite, avant qu'il ne soit trop tard. Hors d'haleine, Gauvain s'arracha à elle et la tint à bout de bras. « Écoutez, lui dit-il, pourquoi ne pas parler plutôt. Ce serait moins dangereux.

— Oh, Gauvain, gémit la charmante dame. Parfois je ne suis même pas sûre d'avoir réellement sire Gauvain en face de moi. Vous êtes connu pour être, de tous les chevaliers, le plus chevaleresque au monde. Le jeu de l'amour n'est-il pas, de tous les arts de la chevalerie, l'un des plus importants ? Un vrai chevalier ne doit-il pas se battre pour son amour ? Ou est-ce moi qui ai mal compris ? Pourtant vous restez assis là sans me dire un seul mot d'amour. Vous arracher ne serait-ce qu'un baiser relève de l'exploit. Est-ce simplement que vous ne m'aimez pas ? Ne me trouvez-vous pas attirante ?

— Mais bien sûr que si, au contraire, répliqua Gauvain.

— Mais alors, qu'attendez-vous ? rétorqua-t-elle, exaspérée. Me voici. Mon seigneur est à la chasse. Nous sommes seuls. Enseignez-moi tout ce que vous savez de l'amour, Gauvain. »

Il fallait que Gauvain formule sa réponse avec tout le tact et la délicatesse dont il était capable, car il devait la repousser sans lui déplaire, et ce ne serait pas chose aisée.

« Ma belle dame, commença-t-il, vous avoir simplement près de moi, et pouvoir vous contempler, me suffit. Mais pour ce qui est du jeu de l'amour, je vous devine bien mieux qualifiée que moi. Dans ce domaine, je ne suis qu'un maladroit chevalier, mais je n'en reste pas moins un chevalier, qui doit vivre dans l'honneur ou mourir de honte. Sans perdre de vue mon honneur, je ferai tout ce qui est en mon pouvoir pour vous plaire. »

Malgré cela, elle resta pour essayer encore de le faire céder à la tentation, et il lui résista, mais avec toutes les peines du monde. Cependant, petit à petit, cela devint un jeu entre eux, auquel tous deux prirent plaisir, et à l'issue duquel aucun ne sortit vainqueur. Mais aucun n'était le perdant non plus, aussi étaient-ils tous deux satisfaits. Ils se séparèrent avec amour et amitié, sur un baiser si long et si langoureux qu'au cours des minutes qui suivirent le départ de la dame, la tête de Gauvain lui en tournait encore.

Il prit son temps pour se lever, car rien ne pressait. Ensuite il alla directement à la messe, et pria que Dieu lui donne la force de résister à la dame, mais aussi la force de faire face à l'épreuve qu'il savait devoir bientôt endurer à la Verte Chapelle. Toute la journée, sa confrontation fatale lui occupa vaguement l'esprit, mais par bonheur ce n'étaient pas les distractions plaisantes qui manquaient : en particulier les dames du château, qui une fois encore firent tout ce qu'elles purent pour le divertir. Même cette vieille mégère rabougrie lui adressa un sourire. Pas un joli sourire, il est vrai, mais un sourire quand même.

Tandis que Gauvain savourait les délices et les charmes de cette compagnie, le seigneur du château, dehors, chassait encore son terrifiant sanglier. Par monts et par vaux, chiens et chasseurs traquaient la bête. Pourtant, si fort que fût le sanglier, il se fatigua enfin, et sentit que ses pattes ne le porteraient plus. Sur les rives d'un torrent furieux, il fit la dernière preuve de sa bravoure. Prenant appui contre une fissure dans la roche, il les mit au défi d'avancer. Écumant et ronflant de défiance, il leur fit face, piétinant la terre dans sa fureur et déchirant le sol de ses défenses terribles. De l'autre côté du torrent, les chasseurs hésitaient. Ils criaient et excitaient les chiens pour leur donner du cœur à l'ouvrage, mais, comme leurs maîtres, aucun chien n'avait la force ni le courage de s'approcher pour la mise à mort.

Seul le seigneur lui-même osa se lancer à l'attaque. Descendant de cheval, il tira sa grande épée, et traversant le ruisseau à grands pas il courut sur la bête, qui n'avait qu'une idée en tête : planter ses défenses dans le corps de cet homme pour le tuer avant de se faire tuer lui-même. Brutalement il chargea, tête et défenses baissées. Sa vitesse et sa puissance prirent le seigneur au dépourvu. Le frappant à toutes forces en plein dans la poitrine, la bête le déséquilibra et l'envoya rouler au sol, si bien que tous deux basculèrent

en arrière dans le torrent. Heureusement pour le seigneur, les défenses ne s'étaient pas enfoncées trop profondément dans sa chair, et ne l'avaient entaillée que superficiellement. Et par chance aussi pour lui, mais pas pour le sanglier, la bête en chargeant s'était jetée droit sur la pointe de son épée, qui lui transperça le cœur, la tuant net.

Tandis que le sanglier était emporté dans le courant, montrant encore les dents dans la rage de son ultime assaut, les chasseurs vinrent à la rescousse du seigneur. Étourdi, en sang, il se noyait presque lorsqu'ils le tirèrent hors de l'eau. Ils mirent longtemps à repêcher le sanglier, car le courant était fort et l'avait emporté loin, et comme il était encore plus lourd maintenant qu'il était mort, il fallut une douzaine d'hommes forts pour le traîner au sec. Le seigneur et ses chasseurs promenèrent sur cette carcasse un regard stupéfait, car pour un sanglier, c'était un véritable géant. Bien qu'il fût mort, les chiens gémissants ne voulaient toujours pas l'approcher, craignant peut-être encore que la bête ne se relève tel un fantôme pour les pourchasser de nouveau.

Au château, se prélassant nonchalamment sur des coussins auprès du feu, Gauvain et les dames de compagnie entendirent enfin le son de la chasse qui revenait, les cornes de chasse retentissant triomphalement tandis que les chasseurs à cheval entraient en riant dans la cour. Ils devinèrent que la chasse avait été couronnée de succès, mais nul ne pouvait s'imaginer le spectacle qui les attendait. Lorsque le seigneur, taché de sang et de boue, entra dans la salle d'un pas fier, il offrait à lui seul un spectacle alarmant. Mais c'est alors qu'ils virent, à sa suite, les serviteurs qui avançaient en titubant, portant sur une longue broche une créature repoussante : un monstre hérissé, un sanglier énorme. Même mort, il gardait un air si féroce et méchant que plusieurs dames durent détourner le regard, craignant qu'il ne s'agisse de quelque incarnation du malin.

« Voici pour vous, Gauvain, mon ami, déclara le seigneur dans un large sourire. Il est à vous, je vous l'offre, comme promis. Est-il assez gros pour vous ? Nous en sommes-nous bien tirés ? » Gauvain fit le tour de l'énorme bête avec émerveillement.

« Quelle splendide créature, souffla-t-il. Et quel chasseur hors pair vous faites. Mais vous êtes taché de sang, mon seigneur. Êtes-vous blessé ?

— Juste une égratignure, répondit le seigneur du château. J'ai eu de la chance. Ça aurait pu être bien pire. » Et, en souriant, il poursuivit : « Et vous,

Gauvain ? La chance vous a-t-elle souri aujourd'hui ? Qu'avez-vous à me donner en échange de cette bête magnifique ?

— Pas grand-chose, répliqua Gauvain. Seulement ceci. » Et, en riant, il s'avança et embrassa le seigneur deux fois, une fois sur chaque joue. « C'est tout, je vous le promets, fit Gauvain en haussant les épaules. Et, à dire vrai, mon seigneur, je suis content que ce ne soit rien de plus, car même si je vous aime beaucoup, je n'ai pas grand plaisir à embrasser des hommes à grosse barbe piquante ! »

À ces mots, les deux amis éclatèrent de rire, comme toutes les personnes présentes dans la salle, exception faite du malheureux sanglier, bien sûr.

Toute la soirée, les rires se prolongèrent : tandis qu'on apportait la tête du sanglier au dîner, une pomme dans sa bouche grande ouverte ; tandis qu'ils buvaient, dansaient et chantaient toute la nuit. Mais bien que la fête fût belle, Gauvain ne pouvait s'y adonner complètement, car comme la dame du château se tenait constamment à ses côtés et lui faisait les yeux doux, il devait se tenir sur ses gardes. Elle se montrait si ouvertement, si visiblement éprise de lui qu'il craignait que le seigneur du château ne vînt bientôt à en prendre ombrage. Mais, pour le plus grand soulagement de Gauvain, le seigneur ne semblait nullement s'apercevoir de ce qui se tramait. Il restait absorbé dans une longue conversation avec l'affreuse vieille bonne femme, qui, tandis qu'il lui parlait, continuait d'observer Gauvain, lui souriant de toutes ses dents comme si elle savait quelque chose que Gauvain lui-même ignorât. Gauvain les trouvait toutes deux, l'hideuse bonne femme et la charmante dame, inquiétantes et profondément perturbantes.

Même si Gauvain parvint à tenir cette charmante dame à distance toute la soirée, il sentait ses yeux suppliants venir lentement à bout de sa résistance. Il prit la décision de quitter le château le lendemain et de reprendre la route avant que ne se produise quoi que ce soit qu'il puisse regretter. Il se leva.

« Mes chers amis, dit-il, je ne voudrais pas ternir la fête, mais mon séjour a assez duré, et je crois vraiment qu'il convient que je reparte demain matin.

— Absurde ! s'écria le seigneur. Il n'en est pas question. Je vous l'ai dit, mon ami, la Verte Chapelle que vous cherchez n'est qu'à quelques milles d'ici. Vous pouvez rester toute la journée de demain, partir le lendemain matin et arriver sans peine à temps pour votre rencontre à la Verte Chapelle. Je serais fort marri de vous voir nous quitter plus tôt que nécessaire. De même que mon épouse et toutes les personnes présentes. »

Une telle clameur s'éleva pour qu'il reste que Gauvain sut qu'il ne pouvait s'y refuser.

« Je ne souhaite blesser personne, et surtout pas vous, mon seigneur, dit Gauvain, après tout ce que vous avez fait pour moi. Aussi resté-je, comme vous me l'ordonnez.

— Voilà une bien sage décision, Gauvain, fit le seigneur, et d'autant plus que cela nous donne l'occasion de jouer une dernière fois à notre jeu, n'est-ce pas ? Je pars chasser demain à la première heure, comme d'habitude, vous pouvez donc rester ici vous amuser comme bon vous semblera. Quand je rentrerai demain soir, nous verrons ce que j'aurai pour vous, et vous pour moi. Et, Gauvain, mon ami, tout ce que j'ai reçu de vous depuis le début du jeu se résume à des baisers. Si vous me trouviez autre chose, pour changer ?

— Je ferai de mon mieux », répondit Gauvain. Mais même s'il riait avec les autres, il était loin de se réjouir de jouer encore une fois à ce jeu. Il savait les risques que cela impliquait.

« Allons nous coucher, fit le seigneur dans un énorme bâillement. Je vais dormir comme une souche, cette nuit. »

Ainsi tous montèrent se coucher, guidés par les serviteurs qui portaient les lampes. Le seigneur dormit profondément, en effet. Mais, une bonne partie de la nuit, Gauvain ne put fermer l'œil. Il restait allongé, fortement perturbé par les nombreuses épreuves et tentations que le lendemain devait apporter, et ne sombra enfin dans un profond sommeil qu'aux premières lueurs de l'aube. Il n'entendit rien des chasseurs qui se rassemblaient dans la cour sous sa fenêtre, rien du glapissement des chiens avides, ni du ronflement et du piétinement des chevaux impatients de partir. Rien de tout cela ne réveilla Gauvain.

Le seigneur du château, revigoré par sa nuit de sommeil, galopait à travers champs, chasseurs et chiens à sa suite. Et quel beau matin c'était, qui teintait de lueurs roses du soleil levant les nuages sur leurs têtes et le sol sous leurs pieds. Mais le renard ne s'en souciait guère, car il avait déjà entendu le terrifiant aboiement des chiens qui le suivaient à la trace, et ne songeait qu'à mettre la plus grande distance possible entre eux et lui. Le renard était rapide, plus rapide que n'importe quel chien et il le savait, mais il savait aussi qu'ils étaient plus forts que lui, et que les chiens ne se fatiguaient pas aussi vite que lui. Sa vitesse l'aiderait peut-être, mais seule sa ruse pourrait le sauver. Alors il filait d'un côté et de l'autre pour les déconcerter, recoupant son chemin parmi les rochers, traversant autant de ruisseaux qu'il en pouvait trouver, pour se montrer plus malin que les chiens et qu'ils perdent sa trace. À plus d'une reprise il crut les avoir semés, mais on ne trompait pas si facilement ces chiens, et toutes ces truffes au sol ne mirent pas longtemps à retrouver sa trace et à le lui annoncer avec force aboiements.

Tandis qu'il perdait de la vitesse, eux s'approchaient de plus en plus vite, en meute, les chasseurs sonnant leur corne et animant les chiens si fort que la vallée résonnait du chant de la chasse, chant qu'aucune créature sauvage ne souhaiterait jamais entendre, ce pauvre renard encore moins que les autres. Il courait encore, le cœur battant à tout rompre, tentant désespérément de s'échapper, de trouver quelque abri où se cacher sans que les chiens ne le trouvent. Mais il se trouvait dans la plaine, il n'y avait nulle part où se cacher. Il ne pouvait que courir. Ils m'attraperont peut-être, pensa le renard, mais au moins je leur en ferai voir avant qu'ils n'y parviennent.

Gauvain dormit tard ce matin-là. Il était perdu dans ses songes lorsqu'un soudain rayon de lumière se posa sur son visage. La dame du château émergea de la lumière, comme sortie de ses rêves, et s'avança vers le lit dans un sourire.

« Comment ? Vous dormez encore, gros paresseux ? rit-elle joyeusement. Il fait un temps radieux dehors. Mais à dire vrai, je suis bien mieux ici près de vous. »

Cherchant toujours à comprendre s'il rêvait ou non, Gauvain vit qu'elle ne portait pas la même robe de nuit que les autres fois, mais une robe magnifique de soie scintillante, blanche comme la fleur du cerisier et ourlée d'hermine. Ses cheveux et son cou étaient ornés de bijoux éblouissants. Elle n'avait jamais paru si belle.

Cette fois, il n'y eut pas la moindre conversation préliminaire. Elle vint droit sur lui, allongé dans son lit, et l'embrassa aussitôt sur la bouche. Gauvain sut qu'il était bel et bien réveillé. Son baiser était si attirant, si tendrement aguichant. « Oh Gauvain, souffla-t-elle. Oubliez que vous êtes chevalier, juste pour cette fois. Oubliez votre chevalerie et votre honneur. »

C'était une chance pour Gauvain qu'elle lui ait rappelé ses vertus chevaleresques juste à ce moment-là. « Ma dame chérie, dit-il, s'efforçant désespérément de se contrôler. Votre mari est un gentilhomme, qui ne m'a témoigné qu'amitié et la plus grande hospitalité. Je ne puis ni ne vais le duper ni le déshonorer. Nous pouvons parler d'amour tant que vous le désirez, ma dame, mais c'est tout.

— Ce n'est pas parler qui m'intéresse, protesta la charmante dame. Manquez cette opportunité, Gauvain, et vous le regretterez toute votre vie. Ou peut-être y a-t-il déjà quelqu'un que vous aimez plus que moi, quelqu'un à qui vous êtes promis ? Dites-moi la vérité, Gauvain.

— Non, ma belle dame. Je ne suis promis à personne. Et à la vérité, même

si jamais de ma vie je n'ai rencontré de beauté telle que vous, je ne souhaite me promettre à personne pour le moment, pas même à vous. »

À ces mots, elle s'éloigna de lui, en secouant tristement la tête. « Comme je regrette de vous entendre dire cela, Gauvain, soupira-t-elle. C'est le problème avec la vérité : elle blesse si profondément. Mais c'est moi qui l'ai voulu, aussi ne dois-je pas m'en plaindre. Je comprends à présent que je ne puis espérer vous faire changer d'avis. Mais ne pourriez-vous pas, au nom de la courtoisie chevaleresque et tout en préservant votre honneur, ne pourriez-vous pas me donner au moins un dernier baiser ? En amis ?

— Pourquoi pas ? répondit Gauvain. Après tout, un baiser n'est qu'un baiser. » Alors elle se pencha sur lui et l'embrassa si doucement, si tendrement, que Gauvain fut à deux doigts de s'oublier de nouveau.

« Une dernière chose, fit-elle en se levant du lit. Accepterez-vous de me donner quelque chose qui vous appartienne que je puisse emporter, en souvenir de vous, un symbole quelconque, un gant peut-être ?

— Mais je n'ai rien apporté qui soit digne de vous, ma dame, repartit Gauvain. Je le regrette, mais je ne peux quand même pas vous donner un vieux gant usé. Une dame comme vous ne mérite que le meilleur, et je préfère de loin ne vous rien donner du tout que de vous laisser quelque chose d'inopportun ou d'insultant. Pourquoi ne pas plutôt chérir les souvenirs que nous avons l'un de l'autre ? Je ne vous oublierai pas, belle dame, je puis vous le promettre.

— Moi non plus, répliqua la dame. Mais tout de même, je serais si heureuse de vous voir accepter ce souvenir du temps passé ensemble. » Et, ôtant une bague de rubis de son doigt, elle la lui offrit.

« Je ne puis l'accepter, ma douce dame, fit Gauvain, bien que la générosité du geste lui allât droit au cœur. Si je ne puis vous offrir de cadeau, je ne puis en accepter en retour, et surtout pas d'aussi précieux et d'une telle valeur que celui-ci. »

Elle essaya à maintes reprises de le convaincre d'accepter, mais il refusa à chaque fois, poliment mais fermement.

Mais elle n'avait pas dit son dernier mot. « D'accord, fit-elle enfin, si vous ne voulez pas de ceci, peut-être en revanche accepterez-vous quelque chose de plus simple, un objet qui n'a aucune valeur matérielle mais qui vous fera penser à moi chaque fois que vous le verrez ? Je vous en prie, Gauvain, ce n'est presque rien. »

Et elle défit de ses hanches une merveilleuse ceinture de soie verte richement brodée d'or. « Prenez-la, Gauvain chéri, supplia-t-elle. Ce n'est pas grand-chose, mais je l'ai toujours portée contre moi. Si vous la portiez à votre tour, je serais, en quelque sorte, toujours contre vous. Faites-le pour moi, pour me faire plaisir.

— Ma dame chérie, fit Gauvain, je ne souhaite pas vous faire de peine, croyez-moi, ni que nous nous séparions fâchés. Vous dites que ce n'est presque rien, mais c'est un joli objet, et réalisé avec un art exquis. C'est encore un cadeau bien trop généreux, quand je n'ai rien à vous offrir en retour.

— C'est plus qu'un joli objet, vous savez, répliqua la dame. Cette ceinture a été tissée par une enchanteresse, si bien que quiconque porte cette ceinture ne peut être tué, ni par les formules

maléfiques d'une sorcière, ni par le feu d'un dragon, ni par le chevalier le plus fort et le plus dangereux du pays. Portez cette ceinture, Gauvain, et vous serez protégé de tous les dangers possibles.

— De tous les dangers ? » s'enquit Gauvain, en réfléchissant à ce qu'elle venait de lui dire.

« De tous les dangers, je vous le promets », fit la charmante dame, en agitant doucement la ceinture devant ses yeux.

L'occasion est trop belle pour être refusée, pensa Gauvain. Si ce qu'elle dit est vrai, je pourrais porter cette ceinture demain quand je retrouverai le Chevalier vert, et quoi qu'il arrive je ne mourrais pas. Cette ceinture me protégerait. L'offre tombait à point nommé, elle n'était que trop tentante.

Alors enfin il accepta le cadeau, le prit de ses mains et la remercia du fond du cœur. « Je la porterai toujours, et chaque fois que je la mettrai, je vous promets de penser à vous.

— Alors j'ai enfin remporté une petite victoire, rit la dame en applaudissant de joie. Comme je suis heureuse. Mais j'ai une toute dernière faveur à vous demander, Gauvain. Vous ne révélerez jamais à mon seigneur et mari que je vous ai fait ce cadeau, n'est-ce pas ? Cela pourrait le rendre fort jaloux. Cela doit rester notre secret, et à nous seuls. Me le promettez-vous ?

— Je vous le promets, ma belle dame », répondit Gauvain. Bien qu'il fût très mal à l'aise tant à l'idée du cadeau qu'à celle de sa promesse, il se sentait beaucoup mieux au sujet de sa rencontre avec le Chevalier vert le lendemain matin.

La dame du château l'embrassa une dernière fois, et lorsqu'elle le laissa, il garda la ceinture et le souvenir précieux des trois baisers qu'elle lui avait donnés ce matin-là.

La matinée était déjà bien avancée, aussi Gauvain dissimula prestement la ceinture de soie sous son matelas, pour l'y retrouver facilement, et s'habilla en vitesse. Puis il se rendit directement à la messe, et confessa ensuite tous ses péchés : comme nous le savons, ce matin-là la liste était plus longue qu'à l'ordinaire. Puis, libéré de tous ses soucis par le prêtre et par la ceinture, l'heureux Gauvain put consacrer le reste de sa journée aux dames du château, qui lui firent passer le temps de la plus agréable des manières. Il était si absorbé par le charme de leur compagnie qu'il pensa à peine à ce qui l'attendait le lendemain.

Dehors sur la plaine, le pauvre renard, lui, passait un bien mauvais quart d'heure. Il savait, au fond, qu'il avait passé l'âge de courir, mais comme toutes les

créatures qui luttent pour survivre, il fit tout ce qu'il pouvait pour s'accrocher à la vie le plus longtemps possible. Plusieurs fois il entra sous le sol et demeura caché dans l'ombre de la terre, son cœur affolé battant la chamade, espérant à chaque fois que les chiens passeraient leur chemin. Mais les chiens de chasse réfléchissent avec leur truffe. Jamais la trace du renard ne leur échappe. Une fois découvert, le renard resta tapi dans sa tanière un moment, tandis que dehors les chiens se rassemblaient, appelant son sang de leurs

aboiements, grattant la terre pour le déterrer.

Il existe toujours plusieurs sorties dans une tanière de renard. Il en trouverait peut-être une qui ne soit pas gardée, et prendrait la fuite, en filant aussi vite que ses pattes pourraient le porter. Mais affaibli comme il l'était, il n'était plus assez rapide, et les chiens couraient avec plus de vigueur que jamais en se rapprochant pour la mise à mort.

Pauvre renard. Il parvint à un dernier terrier, et, couché là, il sentit qu'il ne courrait plus. Il n'avait que deux choix : attendre avec terreur qu'on le déterre pour le déchiqueter, ou en finir une bonne fois pour toutes. Ayant pris sa décision, le brave vieux renard remonta vivement le tunnel vers la lumière, où le seigneur du château l'attendait, l'épée dégainée, prêt à l'emboutir. Ainsi, par bonheur,

le renard trouva la mort rapide qu'il cherchait. Les chasseurs lancèrent une folle clameur tandis que le seigneur tenait le renard par la queue, et les chiens hurlèrent pour qu'il leur rende leur proie.

« Pas pour vous, mes amis, cria-t-il. Celui-ci, je le garde pour Gauvain. »

Au lieu de la viande, de la peau et des os qu'ils espéraient avidement, il leur donna en riant une tape sur la tête, puis se remit en selle et rentra à cheval à travers la grande plaine, tandis que le soleil couchant projetait les ombres gigantesques des hommes, des chevaux et des chiens.

De retour au château, le seigneur entra aussitôt dans la grande salle, le renard reposant mollement dans ses bras. Il alla droit vers Gauvain.

« Ça ne vous semble peut-être pas grand-chose, dit-il, mais je peux vous assurer que ce rusé renard nous en a fait voir de toutes les couleurs aujourd'hui. Aussi, voilà tout ce que je rapporte de ma journée de chasse, et il est pour vous bien sûr, comme je vous l'ai promis. J'espère seulement que vous avez fait mieux que les autres jours, aujourd'hui. Qu'avez-vous donc pour moi ? Quelque chose d'unique, j'espère. Jusqu'ici je n'ai eu droit qu'à des baisers.

— J'ai bien peur, mon seigneur, répliqua Gauvain en riant, que des baisers ne soient tout ce que vous recevrez aujourd'hui aussi, car c'est là tout ce que j'ai reçu : mais j'ai au moins une bonne nouvelle pour vous car aujourd'hui ce n'est pas un, ni deux, mais trois baisers que je vous donne ! » En disant ces mots, il enlaça le seigneur du château et l'embrassa affectueusement et bruyamment trois fois, essayant à chaque fois d'éviter la barbe hérissée.

« Je le dis sans vous offenser, Gauvain, fit le seigneur, mais je dois dire qu'il me semble que vous avez tiré meilleur parti que moi de notre petit jeu. Mais je ne puis pas me plaindre, car nous avons tous deux joué selon les règles, n'est-ce pas ?

— En effet », répondit Gauvain. Mais, tout en parlant, il avait de la peine à regarder son ami dans les yeux.

Le dernier soir, on organisa pour Gauvain un somptueux festin. Le château entier résonna des chœurs et des danses, et, autour de la table, des rires joyeux fusèrent haut et clair. On mangea de succulents gibiers, des tourtes au porc croustillantes, et toutes sortes de soupes épicées qui réchauffèrent Gauvain jusqu'à la racine des cheveux, à lui en picoter le crâne. Tout au long de la soirée, la joie fut dans tous les cœurs. Nul ne se renfrogna ni ne fronça un sourcil, pas même la vieille bonne femme d'ordinaire si revêche qui semblait promener sa mauvaise humeur dans le château. Elle buvait de bon cœur comme les autres, et souriait souvent à Gauvain. Mais Gauvain persistait à trouver sa présence fort troublante, car lorsqu'elle lui souriait, ses yeux semblaient le sonder jusqu'au tréfonds de l'âme, où reposaient ses plus noirs secrets.

Gauvain sentait qu'il avait bu plus que de raison, et qu'il était temps de faire ses adieux tant qu'il lui restait un sou de jugeote. Il se dressa, et leva son verre pour porter un toast à ses nouveaux amis autour de la table.

« Que Dieu vous bénisse, tous autant que vous êtes, pour les bontés que vous avez eues pour moi au cours des quelques jours passés, déclara-t-il. Je viens de passer la meilleure semaine de ma vie auprès de vous, baigné dans la chaleur de votre compagnie, et je ne l'oublierai jamais. Je resterais à vos côtés si je le pouvais, sire, vous le savez. Je n'ai aucune envie de partir, mais je le dois. Je suis un Chevalier de la Table ronde, et demain j'ai une promesse à tenir. Aussi, si vous le voulez bien, prêtez-moi le guide que vous m'avez promis, et qu'il me montre le chemin de la Verte Chapelle, où je devrai faire face au destin que Dieu me réserve. »

Alors le seigneur lui aussi se leva, et posa un bras autour des épaules de Gauvain.

« Comme vous, Gauvain, je tiens toujours mes promesses, dit-il. Vous aurez votre guide. Il sera prêt à vous accompagner demain à l'aube, tout est arrangé. Il ne vous laissera pas vous perdre. Ne vous inquiétez pas, nous vous mènerons à bon port. »

Alors, toutes les dames prirent tristement congé de Gauvain, en l'embrassant affectueusement, même la vieille harpie. Puis vint le tour de la dame du château, qui l'embrassa le plus tendrement du monde, en le regardant une dernière fois amoureusement dans les yeux. Les chevaliers aussi vinrent

l'embrasser et lui souhaiter bonne chance et bon vent, jusqu'à ce qu'enfin ne reste que le seigneur du château.

« Que Dieu vous garde demain, Gauvain, dit-il, et à une prochaine fois. »

Gauvain ne sut que dire tandis qu'ils s'embrassaient fraternellement avant de se séparer. Puis il se tint seul dans la salle déserte au coin du feu mourant, sans pouvoir penser à rien d'autre que sa rencontre du lendemain avec le Chevalier vert. Il but davantage de vin, mais même le vin ne l'aida pas à oublier. Peut-être que la ceinture de soie n'est pas réellement enchantée, pensait-il. Et quand bien même elle le serait, sera-t-elle assez puissante pour me sauver le cou ? Ai-je le courage de traverser cette épreuve ? Y suis-je vraiment obligé ? Une fois couché, ces questions le hantèrent, sans lui accorder l'oubli bienheureux du sommeil dont il avait tant besoin.

Durant toute cette longue nuit, il resta éveillé à espérer et à prier avec toute la ferveur du monde que cette ceinture de soie verte lui sauve la vie ; car il savait que rien d'autre ne le pourrait.

Le premier chant du coq le fit frissonner de peur, mais il serra les dents et les poings, rassembla tout son courage, et prit aussitôt la décision d'aller jusqu'au bout, quoi qui l'attende. J'ai regardé la mort en face par le passé, et sans flancher, pensa-t-il. J'en suis encore capable. Je le dois, ou je ne serai plus jamais digne du nom de chevalier. Et s'accrochant à cette pensée, Gauvain se leva, s'habilla et fut prêt.

Sous sa fenêtre, la neige était tombée et recouvrait tout d'un silence que seul brisait le chant du coq, et même ce cri rauque était assourdi et amorti par la

neige. Les serviteurs lui apportèrent d'abord sa cotte de mailles, dont ils avaient effacé toute trace de rouille, et son armure, de nouveau aussi brillante et étincelante qu'au jour de son départ de Camelot. Puis il enfila une fois de plus son manteau écarlate, doublé de fourrure pour le protéger du froid ; et bien sûr, il n'oublia pas la ceinture de soie verte que lui avait donnée la dame. Il la serra autour de sa taille, aussi pour se protéger, non pas du froid, mais de la mort. Elle était très seyante, ses fils d'or étincelaient au soleil qui à présent entrait à flots par la fenêtre. Elle me va bien, cette ceinture, pensa Gauvain, mais ce n'est pas son apparence qui m'intéresse. C'est de la magie de cette ceinture que j'ai besoin, et non de sa beauté.

Quand Gauvain descendit, le guide l'attendait comme promis, et Gringalet était déjà sellé pour lui dans la cour. Le cheval avait été bien nourri et s'était reposé à l'écurie tout ce temps, si bien que sa robe reluisait de santé. Il était de nouveau fier et plein de vie, et jouait fiévreusement avec son mors en jetant haut sa jolie tête. Gauvain voyait bien que son cheval brûlait d'impatience de prendre la route. Une fois qu'il fut en selle, on lui tendit son casque et son bouclier, son épée et sa lance. Gringalet continuait de piaffer, mais Gauvain le retint un instant.

« Que Dieu garde tous ceux qui vivent en ce lieu, fit-il en posant son regard sur le château. Qu'il vous bénisse tous pour les bontés témoignées à un étranger comme moi. Mon seigneur et ma dame, je vous souhaite bonheur et bonne chance sur cette terre, puis la place au paradis que vous méritez tous deux si amplement. »

Alors, tandis que le pont-levis s'abaissait en grinçant, il lâcha enfin la bride à Gringalet. Nul besoin d'éperons, ni de serrer les talons : Gringalet bondit en avant, des étincelles sous les sabots, et fila au grand galop sur le pont-levis et la plaine enneigée. En le regardant partir, le portier se signa à trois reprises et le remit à la grâce de Dieu, car comme chacun au château, il savait ce qui attendait le chevalier ce jour-là, et craignait pour sa vie.

Au bout d'un moment, l'ayant rattrapé, le guide mena Gauvain plus lentement, à travers le manteau de neige fraîchement tombée. Bientôt, leur chemin les mena en haut de collines hostiles où un vent glacé leur gifla le visage, puis, plus haut encore, sur des landes escarpées noyées dans une brume sombre. Ils se frayèrent un chemin dans des marécages nauséabonds, traversèrent péniblement des rivières en crue, jusqu'à longer enfin de hautes falaises en surplomb avant de s'enfoncer dans une forêt sombre, où le vent sifflait rageusement à travers les branches au-dessus de leurs têtes.

Lorsqu'ils sortirent enfin de ce lieu désolé pour retrouver la lumière du soleil, Gauvain constata qu'il se trouvait au sommet d'une colline, au bas de laquelle un cours d'eau étincelant coulait doucement. C'est là que le guide, qui jusqu'alors n'avait pas pipé mot, arrêta son cheval et se tourna vers Gauvain.

« Nous y sommes, sire Gauvain, dit-il, et sa voix tremblait de peur en prononçant ces mots. Si vous suivez ce cours d'eau, il vous mènera à la Verte Chapelle et au chevalier terrible qui la garde. Aucun oiseau n'y chante. Aucune neige n'y tombe. Aucune fleur n'y pousse. »

Gauvain le remercia, et fit mine de poursuivre sa route, mais le guide se saisit de ses rênes et le retint.

« Si vous voulez mon avis, sire Gauvain, même si je sais que ce n'est pas à moi de vous le donner, vous ne devriez pas aller plus loin. J'ai bien trop de respect et d'affection pour votre personne pour vous laisser continuer sans un avertissement. L'homme qui vous attend est le plus terrible des chevaliers au monde, une brute sanguinaire, je vous le jure. Ce n'est pas seulement qu'il soit le chevalier le plus fort qui ait jamais existé, mais il est aussi le plus sauvage, le plus vicieux. Il aime tuer, et il s'y entend, croyez-moi.

Aucun des visiteurs du Chevalier vert de la Verte Chapelle n'a survécu. C'est toujours la même histoire. On retrouve leur corps en aval du ruisseau, massacré et déchiqueté. Il ne témoigne aucune pitié, pour personne. Page ou homme de foi, ils ne sont que chair à saucisse pour lui. Il vous donnera en pâture aux poissons, sire, comme tous les autres. Aussi, n'y allez pas, je vous en supplie. »

Il se mit à murmurer, d'un ton de confidence. « Écoutez, sire Gauvain. Pourquoi ne pas rentrer chez vous par un autre chemin ? Personne n'en saura jamais rien. Je ne dirai jamais à personne

que vous avez changé d'avis. Votre réputation n'a rien à craindre de moi, sire.

— Merci, quoi qu'il en soit, répondit Gauvain. Je devine que vous ne voulez que mon bien, et je vous en sais gré, mais j'ai fait la route jusqu'ici : il est trop tard pour rebrousser chemin et prendre la fuite. Je ne doute pas que vous garderiez le secret de ma lâcheté, mais moi je le saurais, et je ne le supporterais pas. Je suis un chevalier de la cour du roi Arthur, et je dois tenir la promesse que j'ai faite, même s'il me faut finir en pâture aux poissons. Mon courage est déjà assez chancelant, aussi je vous prie de ne pas chercher à me dissuader davantage.

— J'aurai fait tout mon possible pour vous sauver, dit le guide en soupirant de chagrin. Si vous vous obstinez à courir vers une mort certaine, sire Gauvain, je ne puis vous en empêcher. Pour trouver le Chevalier vert, longez ce cours d'eau jusqu'à trouver la Verte Chapelle sur votre gauche. Traversez le cours d'eau et appelez son nom. Il viendra. Alors, Dieu vous vienne en aide. Personne d'autre ne le peut. Pour tout l'or du monde, je ne me rendrais pas là où vous vous rendez, sire Gauvain. »

Et donnant du talon à son cheval, il s'éloigna, laissant Gauvain tout seul. C'est bien beau de parler, pensa Gauvain, mais à présent je dois tenir parole et m'efforcer d'être le genre de chevalier que je prétends être, et que les autres voient en moi.

Le cœur lourd, il poussa Gringalet à descendre la colline en direction du cours d'eau puis, comme le lui avait indiqué le guide, il le longea, s'attendant à tout moment à découvrir la Verte Chapelle sur l'autre rive. Il ne voyait toujours rien, mais il descendit dans un profond ravin bordé de chaque côté de roches noires déchiquetées qui se dressaient au-dessus de lui, bloquant presque complètement la lumière du soleil. On dirait les portes de l'enfer, pensa Gauvain.

Lorsqu'il émergea enfin de ce sombre ravin, la vallée s'élargissait autour de lui, et le soleil éclairait un monticule herbeux au-delà du cours d'eau, qui coulait furieusement. Mais il ne voyait toujours pas de chapelle, verte ou non. Aucun oiseau ne chantait. Il n'y avait ni fleurs, ni neige non plus. Le chemin lui paraissait traître, aussi Gauvain jugea qu'il était au meilleur endroit pour traverser ; car bien que le cours d'eau ronflât et coulât à toute vitesse, il distinguait les galets au fond, et en déduisait qu'il ne devait pas être tellement profond. D'un coup d'éperon, il encouragea Gringalet à traverser le cours d'eau et à remonter l'autre rive. Lorsqu'il l'approcha pour le contourner, il constata que le monticule herbeux avait tout l'air d'une sorte de tumulus funéraire, entouré de tous côtés d'entrées sombres et béantes, un véritable lieu de mort.

Gauvain mit pied à terre près d'un grand chêne, et, laissant Gringalet brouter et se reposer, il décida d'explorer les lieux à pied. Ceci ne ressemble pas à une chapelle, pensa-t-il. Cela me fait l'effet de la tanière du Diable, plus que de la sainte chapelle de Dieu. Pourtant c'est vert, et à n'en point douter assez sinistre pour correspondre au Chevalier vert.

Empoignant fermement sa lance, Gauvain fit lentement le tour du tumulus, à la recherche du Chevalier vert. Il se hissa au sommet pour avoir vue sur tous les alentours. Il ne voyait toujours personne. Mais comme il se tenait là, il perçut de l'autre côté du cours d'eau un grincement, comme le bruit d'une hache qu'on aiguise sur une pierre. Gauvain sut aussitôt qu'il s'agissait du Chevalier vert. Il tripota nerveusement sa ceinture verte, pour s'assurer qu'elle était bien accrochée, et, ce faisant, une colère soudaine et violente monta en lui et chassa sa peur.

« Si le Chevalier vert se croit de taille à me faire fuir, se dit Gauvain, il se trompe. Je mourrai peut-être aujourd'hui, mais je ne mourrai pas dans la peur. Je ne lui ferai pas ce plaisir. »

Il rassembla tout son courage et appela d'une voix forte, si forte qu'elle couvrit le bruit de cet horrible grincement sans fin. « Gauvain est là ! cria-t-il. Sortez et montrez-vous donc. Je suis là, comme je vous l'avais promis. Mais je n'attendrai pas cent sept ans. Sortez et faites ce que vous avez à faire.

— Je ne tarderai pas, repartit la voix tonitruante que Gauvain ne

reconnaissait que trop bien. Je crois que ma hache a besoin d'être encore un peu plus aiguisée, juste au cas où votre cou ferait de la résistance. »

Et l'homme qu'on craignait tant, toujours dérobé à la vue de Gauvain, quelque part parmi les rochers sur l'autre rive du cours d'eau, partit d'un rire qui retentit sur les collines. Mais quelques instants plus tard, ayant achevé son affreux affûtage, le Chevalier vert émergea d'une faille dans la roche, parcourant du doigt le tranchant de sa hache et souriant cruellement.

Il était exactement comme dans les souvenirs de Gauvain, à ceci près que, miraculeusement, et c'était incroyable, il avait de nouveau la tête sur les épaules. Ses cheveux et sa barbe, aussi verts qu'avant. Son visage et ses mains, verts. Et tout ce qu'il portait était aussi vert vif. Il s'appuya sur sa hache pour sauter lestement par-dessus le cours d'eau, qu'il traversa sans même se mouiller les pieds, puis Gauvain le vit monter la colline vers lui à grandes enjambées, grossissant et grandissant à chaque pas, semblait-il, jusqu'à ce qu'enfin ce colosse se tienne devant lui, ses yeux rouge sang le dardant d'un regard brûlant. Gauvain avait oublié combien ces yeux le terrifiaient. Malgré cela, il réussit à soutenir le regard du Chevalier vert sans sourciller.

« Soyez le bienvenu, Gauvain, dans ma Chapelle, déclara le Chevalier vert, en s'inclinant profondément. Vous vous en êtes bien tiré jusqu'ici, vraiment bien. Je vous avais donné un an et un jour à compter de notre dernière rencontre, et vous voici. Je vous avais dit de me retrouver à la Verte Chapelle, et c'est ce que vous avez fait. Mais c'était la partie la plus facile. Ce qui vous attend maintenant risque de vous paraître un

peu plus difficile, je crois. Lors de notre dernière rencontre, si vous vous souvenez bien, je vous avais permis de m'asséner le coup de votre choix. Vous ne m'avez montré aucune pitié, mais avez fait rouler ma tête de mes épaules. À présent, ainsi que nous en étions convenus et selon votre promesse, c'est mon tour. Aussi, préparez-vous. Et n'attendez aucune pitié de moi non plus. Je vais vous rendre la monnaie de votre pièce.

— C'est le marché que nous avons conclu, répliqua Gauvain en s'efforçant de masquer la peur dans sa voix. Vous ne m'entendez pas me plaindre, si ? » Et il posa casque, lance et bouclier. « Je me tiens prêt », dit-il. Et, s'agrippant fermement à la ceinture de soie pour calmer la terreur qui montait en lui, car il savait que sa magie était son seul rempart contre une mort certaine, Gauvain s'agenouilla devant le Chevalier vert et serra les dents dans l'attente du coup.

Virevoltant dans l'air, la hache dessina des cercles interminables juste au-dessus de la tête de Gauvain, si bien que son souffle abominable l'ébouriffa au passage.

« Dénudez votre cou, sire Gauvain, railla le Chevalier vert. Je ne voudrais pas toucher à un seul de vos cheveux. »

Gauvain dégagea les cheveux de son cou et inclina la tête. « Mais allez-y, qu'attendez-vous donc ? s'écria-t-il.

— Avec plaisir », repartit le Chevalier vert.

Tandis que la hache s'abattait en fendant l'air, Gauvain l'aperçut du coin de l'œil, et rentra la tête dans les épaules. Mais le coup ne tomba pas. Au tout dernier moment, le Chevalier vert retint la lame, qui ne lui toucha ni la peau, ni un seul cheveu du cou.

« Que vous arrive-t-il ? se moqua le Chevalier vert. Le grand Gauvain n'aurait pas peur, tout de même ? Je ne vous ai même pas touché, pourtant vous tressaillez comme un lâche. Ai-je tressailli, lorsque vous prépariez votre coup, il y a un an ? Non, certainement pas. Pourtant vous êtes là agenouillé à trembler comme une feuille. Honte sur vous, Gauvain. J'aurais attendu mieux d'un Chevalier de la Table ronde. »

Rendu furieux par ces insultes et par sa propre faiblesse, Gauvain inclina de nouveau la tête.

« Cessez de palabrer. Cette fois, je ne tressaillirai pas, vous en avez ma parole.

— C'est ce que nous allons voir, s'esclaffa le Chevalier vert. C'est ce que nous allons voir. » Et une nouvelle fois, il brandit la hache au-dessus de sa tête. Cette fois, quand la lame s'abattit dans un sifflement, Gauvain ne bougea pas un

muscle, il ne cilla même pas. Mais une fois encore, le Chevalier vert retint sa lame au tout dernier moment.

« Je me fais la main, sire Gauvain, fit le Chevalier vert en lui souriant. Je me fais la main. »

Pour lors Gauvain écumait de rage. « La prochaine fois, vous avez intérêt à frapper ! s'emporta-t-il. Ce sera votre dernière chance, je vous le jure. Je vous le jure sur mon honneur de chevalier.

— Rien ne peut vous sauver cette fois-ci, sire Gauvain, dit le Chevalier vert en brandissant sa hache. Même votre précieux honneur de chevalier ne sauvera pas votre cou.

— Faites ce que vous avez à faire », lui dit Gauvain, résigné à accepter son destin. Il ferma les yeux et attendit.

« Comme vous voudrez, fit le Chevalier vert. C'est parti. » Il se dressa, jambes écartées, prêt à frapper. Saisissant sa hideuse hache, il la souleva bien haut et l'abattit avec une force terrible sur la nuque de Gauvain. Cette fois la lame trancha la peau et la chair en dessous, mais un peu seulement, juste assez pour que le sang coule. Rien de plus. Il n'y eut aucune blessure plus profonde.

À la première vive douleur et à la vue de son sang par terre, Gauvain se releva d'un bond et dégaina son épée. « Vous n'aviez droit qu'à une seule chance, s'écria-t-il. J'ai tenu ma part de notre marché. Si vous m'attaquez de nouveau, je me défendrai jusqu'à la mort. Vous avez beau être puissant, je vous ferai voir de quel bois je me chauffe. »

Se contentant de s'appuyer sur sa grande hache, le Chevalier vert observait Gauvain et lui sourit avec une admiration non dissimulée.

« Vous êtes peut-être petit, Gauvain, dit-il, mais vous avez le cœur et l'esprit du lion. Posez votre épée. Vous et moi n'avons aucune raison de nous battre. Tout comme vous, je me suis contenté de tenir la parole donnée il y a un an et un jour. Œil pour œil, c'était le pacte entre nous. Aussi considérons que l'affaire est classée, voulez-vous ? Toutes nos dettes l'un envers l'autre ont été pleinement acquittées. »

Abaissant son épée, Gauvain porta la main à son cou et sentit combien la coupure était minime.

« Je ne comprends pas, dit-il, à présent aussi éberlué qu'il était soulagé. Vous auriez facilement pu me couper la tête d'un seul coup. Pourtant vous en avez porté trois, et n'avez fait que me griffer. J'ai fait rouler la vôtre d'un seul coup à la cour du roi Arthur. Je me suis montré sans pitié. Pourtant vous m'avez épargné. Pourquoi ? »

Le Chevalier vert s'avança d'un pas et offrit à Gauvain son écharpe pour éponger sa blessure.

« Rappelez-vous, sire Gauvain, commença-t-il, du château que vous venez de quitter. Pensez au jeu de Noël auquel vous avez joué avec le seigneur du château.

— Mais comment se fait-il que vous en ayez connaissance ? demanda Gauvain.

— Nous y viendrons, sire Gauvain, répliqua le Chevalier vert en riant. Nous y viendrons. Par trois fois, vous et lui vous êtes promis d'échanger tout ce que le hasard placerait entre vos mains. La première fois, vous avez tenu parole, comme le seigneur du château ; un baiser contre un cerf, me semble-t-il. Ai-je raison ? » Gauvain ne put qu'acquiescer : il était trop stupéfait pour parler.

« C'est pourquoi je n'ai fait que vous taquiner, pour mon premier coup de hache, sans même vous effleurer. Ensuite, le deuxième jour au château, vous avez de nouveau tenu parole. Qu'était-ce cette fois ? Deux baisers contre un sanglier, et quel sanglier ! Gigantesque. Pas une très bonne affaire pour le seigneur du château, mais une affaire honnête, et c'est tout ce qui importe.

Si votre cou saigne, mon ami, c'est à cause de ce qui s'est passé au château le troisième jour. Ce jour-là, quand le seigneur est rentré de chasse et vous a offert ce vieux renard rusé, vous ne lui avez donné en échange, pour autant que je me souvienne, que les trois baisers reçus de sa ravissante épouse. Mais vous avez omis de me remettre la ceinture de soie verte qu'elle vous avait donnée, la ceinture enchantée capable de vous sauver la vie, celle que vous portez en ce moment même à votre taille. »

Gauvain demeura bouche bée devant le Chevalier vert, comprenant soudain – par quel miracle, Dieu seul le sait – que ce Chevalier vert et le seigneur du

château n'étaient qu'une seule et même personne. Gauvain rougit jusqu'à la racine des cheveux, comprenant que sa duplicité et sa lâcheté éclataient au grand jour. Mais le Chevalier vert s'exprima avec gentillesse.

« Oui, sire Gauvain, j'ai bien peur d'être effectivement les deux hommes auxquels vous pensez. Comment cela se fait, je vous l'expliquerai plus tard. C'est moi qui ai souhaité jouer à notre petit jeu. C'est moi qui ai envoyé mon épouse dans votre chambre pour vous tenter, pour éprouver les limites de votre honneur et de votre chevalerie. Et c'est ce qu'elle a fait, n'est-ce pas ? En toutes circonstances, exception faite de la ceinture de soie, vous vous êtes montré aussi sincère et honorable qu'un chevalier puisse l'être. Seule la ceinture vous a piégé, car vous me l'avez dissimulée et ne me l'avez pas rendue comme vous étiez censé le faire.

Vous avez manqué à votre parole. C'est pour ce seul manquement que je vous ai griffé le cou et vous ai fait saigner la troisième fois que j'ai frappé. »

Gauvain inclina de nouveau la tête, mais de honte cette fois, incapable de regarder le Chevalier vert dans les yeux.

« Ne soyez pas trop dur envers vous-même, mon ami, poursuivit le Chevalier vert. Trois fois, vous avez résisté à l'épreuve de la tentation, sans succomber aux charmes de mon épouse, épreuve suprême. Vous n'avez fait un secret de la ceinture de soie verte que pour garder la vie sauve. Il n'est pas déshonorant que de désirer vivre, mon ami. »

Mais Gauvain arracha la ceinture de soie et la jeta à terre.

« Comment puis-je prétendre encore être un chevalier après cela ? s'écria-t-il. Vous et moi savons tous deux la vérité. Je me suis conduit comme un lâche, un point c'est tout. Quoi que vous en disiez, j'ai démérité, j'ai trahi les vœux les plus sacrés du chevalier. »

Alors le Chevalier vert posa doucement la main sur l'épaule de Gauvain pour le réconforter.

« La perfection n'est pas de ce monde, mon cher ami, dit-il. Mais je n'ai jamais vu personne s'en rapprocher autant que vous. Vous avez payé pour votre faute ; votre cou en saigne encore, n'est-ce pas ? Et vous l'avez reconnue ouvertement et sincèrement. Ne soyez pas si dur envers vous-même. Nous ne pouvons qu'apprendre de nos erreurs, et je sais que vous n'y manquerez pas. » Et se penchant, il ramassa la ceinture de soie.

« Prenez-la, Gauvain, dit-il. Puisse-t-elle vous évoquer, chaque fois que vous la porterez, le souvenir des événements survenus ici et dans mon château, plaisants comme douloureux. »

Sans lui donner le choix, il attacha la ceinture autour de la taille de Gauvain et se recula quand il eut fini.

« Elle vous va bien, fit-il en riant. D'ailleurs, mon épouse avait raison. Vous êtes vraiment beau gars. Allons, Gauvain, rentrez avec moi et reprenons nos festins, et asseyons-nous au coin du feu comme avant pour discuter toute la nuit. Et soyez sans crainte, cette fois mon épouse saura se tenir, je vous le garantis. »

Bien qu'il fût tenté par cette invitation chaleureuse, Gauvain secoua négativement la tête.

« Je ne le puis, dit-il. Vous savez combien j'aimerais rester, mais je dois reprendre la route. Si je rentre avec vous, je risque de ne plus jamais vouloir repartir. Non, je dois retourner auprès du roi Arthur, à Camelot, aussi vite que possible. Je suis sûr qu'ils doivent s'attendre au pire. »

Il coiffa son casque et se prépara à partir, tandis que le Chevalier vert l'aidait à se mettre en selle. « Et merci de m'avoir offert cette ceinture, dit Gauvain tandis que les deux amis se serraient une dernière fois la main. Elle me fera toujours penser à vous et à votre dame, à tout ce qui m'est arrivé ici, aux merveilleuses journées passées auprès de vous au moment de Noël. Mais elle saura aussi me rappeler mes échecs et mes faiblesses. Elle m'empêchera de croire aveuglément à mon propre mythe. Elle m'aidera à me voir tel que je suis.

— Alors, partez, fit le Chevalier vert avec chagrin. Partez, et que Dieu vous garde en route. Vous nous manquerez, et nous espérerons votre retour. »

Mais une fois en selle, Gauvain ne voulut pas partir sans quelques réponses à ses questions. « Il reste bien des points qui m'interpellent, dit-il. Qui êtes-vous, au juste ? Lequel de vous deux êtes-vous, si j'ose dire ? Lequel de vous deux est vrai ? Et qui était cette vieille mégère rabougrie au château qui m'observait d'un regard d'aigle ? Et, dites-moi, comment et pourquoi est-ce que tout cela m'est arrivé ?

— Après ce que vous venez de vivre, vous avez le droit de tout savoir, répliqua le Chevalier vert. Par ici, on m'appelle Bertilak de Haudesert. Et la vieille dame dont vous parlez est Morgane la Fée, qui a appris sa puissante magie auprès de Merlin et l'emploie souvent pour éprouver la vertu des Chevaliers de la Table ronde, et pour les corrompre, quand elle le peut. Elle est jalouse d'Arthur, depuis toujours.

C'est elle qui m'a ensorcelé, a fait de moi le géant vert qui se tient devant vous, et m'a envoyé à Camelot, il y a de cela un an et un jour, pour vérifier si les Chevaliers de la Table ronde sont vraiment aussi courageux et chevaleresques qu'ils le prétendent. Comment, à moins d'un enchantement, eussé-je pu repartir décapité, et voir repousser ma tête ? Comment eussé-je pu être le géant vert ? Et qui plus est, Gauvain – et cela vous surprendra peut-être même davantage –, cette femme est votre tante, la demi-sœur d'Arthur. Je me prends parfois à penser qu'il n'est rien qu'elle aime tant que de causer au roi Arthur tous les ennuis dont elle est capable, et ce n'est pas peu dire. Mais bon, mon ami, jusqu'ici nous avons survécu à toutes ses machinations et à ses sortilèges, n'est-ce pas ? Je perdrai ma couleur verte entre ici et mon château, et vous survivrez à votre voyage du retour. Tout est bien qui finit bien. »

C'est là, sur ce tumulus vert, que les deux chevaliers se séparèrent et partirent chacun de son côté, l'un rentrant à cheval au château voisin,

l'autre entreprenant son long voyage de retour vers Camelot. Il fut bel et bien long. Gauvain et Gringalet ne ménagèrent pas leur peine. Les maisons accueillantes étaient rares, aussi Gauvain n'était jamais sûr de pouvoir trouver un lit au chaud, et plus d'une fois il dut dormir en plein air. La neige était souvent profonde, les chemins traîtres et escarpés. Mais au moins, Gauvain pouvait être sûr de la direction à suivre, car les oies qui l'avaient mené vers le château du seigneur avant Noël volaient de nouveau au-dessus de lui en formant une flèche, lui indiquant cette fois le chemin de Camelot, chez lui. Quant à Gringalet, il avança gaillardement tout du long, comme tous les chevaux quand ils savent qu'ils vont rentrer chez eux.

❖ QUELQUES JOURS PLUS TARD, ILS ❖ ❖ TRAVERSÈRENT ENFIN LE PONT-LEVIS DE CAMELOT. ❖

Tout le monde se précipita à la rencontre de Gauvain, même le Haut-Roi et Guenièvre, sa reine. On versa bien des larmes de joie devant son retour inattendu au château, car bien que chacun eût espéré et prié pour qu'il revienne, personne ne s'attendait vraiment à revoir Gauvain, du moins pas dans cette vie.

Assis auprès du feu dans la grande salle de Camelot, un gobelet de vin chaud à la main et toute la compagnie rassemblée autour de lui, Gauvain

raconta son incroyable histoire : on ne le laissa pas manger une bouchée avant qu'il ne finisse. Il n'en omit aucune part, et c'était tout à son honneur, pas même les passages honteux dont un homme moins valeureux eût gardé le secret à jamais.

Pour prouver qu'il disait vrai, il dénuda son cou et leur fit voir sa cicatrice. « Et regardez, mon seigneur roi, dit Gauvain en défaisant la ceinture verte qui lui ceignait la taille. Voici la ceinture dont je parlais. Voici la marque de ma disgrâce. »

Plus tard ce soir-là, lorsque le roi, la reine, les chevaliers et leurs dames eurent festoyé ensemble pour célébrer le retour de Gauvain, le roi Arthur se leva et porta un toast à Gauvain en faisant l'éloge des vertus chevaleresques qu'il incarnait si bien. Il loua l'honnêteté et l'intégrité de son neveu, sa chevalerie et son courage.

« Il est pour nous un splendide exemple à suivre, déclara le roi Arthur. Aussi ai-je décidé, en l'honneur de sire Gauvain, et pour nous rappeler toujours nos vœux et vertus de chevaliers, que désormais, en signe d'honneur et de pureté, nous porterons une ceinture de soie verte brodée d'or, comme celle de Gauvain. »

ET JUSQU'À CE JOUR, DES CENTAINES D'ANNÉES PLUS TARD,

les plus grands et les plus valeureux des chevaliers de notre pays portent encore une ceinture de soie fort semblable à celle portée par le grand sire Gauvain dans son combat contre le Chevalier vert. Ainsi son nom survit encore, mes amis, comme j'espère que cette histoire survivra pendant de longues années à venir.

Fiches

PÉDAGOGIQUES

fiches PÉDAGOGIQUES

Fiche n° 1 – Chapitre 1
(pp. 19-21)

Pour entrer dans la lecture

1. L'action se passe en « Bretagne », encore nommée l'« île de Bretagne ». Pourtant, il ne s'agit pas d'une région française. Lis « Les aventures d'un chevalier mis à l'épreuve » (pp. 13-14) et trouve de quel pays il s'agit.
2. Lis le deuxième paragraphe du texte et donne le nom du roi de Bretagne à cette époque.
3. Fais une recherche sur ce roi dans un dictionnaire ou sur Internet et réponds aux questions suivantes :
   a. Ce roi a-t-il réellement existé ?
   b. Comment s'appelle l'épée qu'il a arrachée à un rocher ?
   c. Comment s'appelle sa demi-sœur ?
   d. Qui est Merlin ?
4. Relève, dans le deuxième paragraphe du texte, le nom des cinq chevaliers cités. Qui est Gauvain par rapport au roi ?
5. Relève, dans le dernier paragraphe, trois qualités et trois défauts de Gauvain.
6. Lis « Un univers légendaire très célèbre » (pp. 12-13) et explique pourquoi ces chevaliers étaient nommés les « Chevaliers de la Table ronde ».

À retenir

Complète les phrases suivantes : *Sire Gauvain et le Chevalier vert* appartient aux récits mythiques des Chevaliers de la ………………., qui se déroulent au Moyen Âge. Ceux-ci obéissaient à un roi nommé ……………., qui gouvernait un royaume situé en « Bretagne », c'est-à-dire en …………………… Il avait une demi-sœur nommée ………………………… et était conseillé par un …………………….. appelé Merlin. Gauvain était son …………………

Fiche n° 2 – Chapitre 2

De « L'homme vert n'offrit aucun vœu » (p. 34) jusqu'à la fin (p. 56)

1. Action et personnages

a. Quelle est la règle du jeu proposé par le Chevalier vert ?

- ❑ Un chevalier aura une chance, et une seule, de lui trancher la tête. S'il réussit, le Chevalier vert aura le droit à son tour de lui trancher la tête un an et un jour plus tard.
- ❑ Celui qui tranchera le plus de têtes aura gagné.
- ❑ Le premier qui tranchera la tête de l'autre aura gagné.

b. Gauvain relève le défi et :

- ❑ il tranche la tête du Chevalier vert, mais ce dernier va la chercher comme si de rien n'était
- ❑ il tranche la tête du Chevalier vert, qui meurt
- ❑ il rate son coup

c. En conséquence de quoi, Gauvain devra accorder une revanche au Chevalier vert :

- ❑ sur-le-champ
- ❑ le lendemain
- ❑ un an et un jour plus tard

2. Genre ou thème

a. Pourquoi Arthur ressent-il « une soudaine colère » (p. 40) en entendant les paroles du Chevalier vert ?

b. Complète la phrase suivante : Si Gauvain va retrouver le Chevalier vert un an et un jour plus tard, il risque de .... Mais, s'il n'y va pas, il passera pour un ....

3. Langue

a. « Vous n'êtes que poules mouillées » (p. 42). Explique l'accord de l'adjectif « mouillées ».

b. « Mais comment vous retrouverai-je » (p. 49). À quel temps est conjugué le verbe « retrouverai » ? Pourquoi Gauvain utilise-t-il ici ce temps ?

4. Écriture et création

a. À la fin du chapitre, Gauvain, au lieu de profiter de la fête, pense à ce qui l'attend un an et un jour plus tard. Écris en trois phrases ses pensées.

b. Dessine le Chevalier vert sur son cheval.

À retenir

Les preux chevaliers doivent souvent affronter des créatures monstrueuses. Ainsi Gauvain a, pour adversaire, un géant vert.

Fiche n° 3 – Chapitre 4

De « tandis qu'il buvait en se réchauffant » (p. 85) jusqu'à la fin (p. 103)

1. Action et personnages

a. La vieille femme couverte de verrues ne cesse :

- ❑ de caresser ses poils au menton
- ❑ de regarder Gauvain
- ❑ de parler avec la dame du château

b. Le seigneur propose à Gauvain :

- ❑ de chasser avec lui
- ❑ de s'occuper de sa femme
- ❑ de s'occuper de la vieille femme

c. Il lui propose aussi un jeu. Quelles en sont les règles ?

- ❑ Chacun donnera à l'autre le gibier qu'il aura capturé à la chasse.
- ❑ Chacun donnera à l'autre ce qu'il aura attrapé ou reçu dans la journée.
- ❑ Chacun racontera à l'autre un de ses secrets.

2. Genre ou thème

a. « Tout était imposant chez lui, son large sourire, sa grosse voix, ses larges épaules et son gros visage

rond » (p. 85). Quel autre personnage le seigneur du château rappelle-t-il ? De même, qui a déjà proposé un jeu au début du récit ?

b. Pourquoi Gauvain est-il déjà connu de tous au château ?

c. « Puis ce fut le matin de Noël, ce temps où l'on se rappelle [...] cet enfant béni, né dans une étable » (p. 92). Fais une recherche pour savoir qui est cet enfant dont on fête la naissance le jour de Noël. De quelle religion s'agit-il ? Est-ce étonnant, sachant que l'action se déroule au Moyen Âge ?

3. Langue

« Elle n'avait d'yeux que pour lui » (p. 93). Quelle est la nature des mots « elle » et « lui » ? Le mot « elle » est mis à la place de quel autre ? Même question pour « lui ».

4. Écriture

Imagine ce que Gauvain donne au seigneur le premier soir et ce que le seigneur lui offre en retour.

À retenir

La religion catholique est très présente dans les romans de chevalerie du Moyen Âge, car l'Angleterre était alors un pays catholique.

Fiche n° 4 – Chapitre 5

De « pendant ce temps, au château » (p. 107)
à « c'est promis » (p. 120)

1. Action et personnages (attention : plusieurs réponses sont possibles)

a. La dame vient voir Gauvain :

- ❑ pour parler de la pluie et du beau temps
- ❑ pour obtenir au moins un baiser
- ❑ pour pratiquer l'art de la conversation

b. Gauvain :

- ❑ est attiré par la dame
- ❑ résiste à ses charmes
- ❑ lui donne quand même un baiser

c. À la fin de la journée, le seigneur et Gauvain échangent :

- ❑ des cerfs contre un baiser
- ❑ un gobelet de vin contre un baiser
- ❑ un cerf contre des baisers

2. Genre ou thème

a. Gauvain résiste-t-il à la dame ? Pourquoi agit-il ainsi ?

b. Pourquoi Gauvain souffre-t-il d'un « torticolis » (p. 117) à la fin de la journée ?

c. Pourquoi Gauvain refuse-t-il de révéler au seigneur qui lui a donné un baiser ?

d. À la fin de la journée, Gauvain a-t-il respecté les règles du jeu fixées par le seigneur ?

3. Langue

a. Cherche le sens de « prouesse » (p. 118) dans le dictionnaire. Quelle prouesse a accomplie le seigneur dans ce passage ?

b. « La dame se mit à rire, prit Gauvain par la main et l'attira encore plus près » (p. 113). Réécris cette phrase en mettant les verbes au présent de l'indicatif.

4. Écriture

Gauvain compose un poème pour célébrer la beauté de la dame. Écris ce poème en quatre vers.

À retenir

Gauvain est tombé amoureux d'une dame qui lui est inaccessible car elle est mariée et de grande noblesse. Il se dit prêt à la servir et à lui obéir. Cette relation s'inscrit donc dans le cadre de l'amour courtois (*cf.* présentation pp. 11-15).

Fiche n° 5 – Chapitre 5

De « Gauvain dormit tard ce matin-là » (p. 144) à « regarder son ami dans les yeux » (p. 162)

1. Action et personnages

a. La ceinture a le pouvoir de :

- ❑ protéger de tous les dangers celui qui la porte
- ❑ de tuer les monstres
- ❑ de cracher du feu comme un dragon

b. À la fin de la matinée, Gauvain a reçu :

- ❑ un rubis, une ceinture et trois baisers
- ❑ un rubis, une ceinture et deux baisers
- ❑ une ceinture et trois baisers

c. À la fin de la journée, Gauvain donne au seigneur :

- ❑ une ceinture et trois baisers
- ❑ un renard et trois baisers
- ❑ trois baisers

2. Genre ou thème

a. Quel objet Gauvain accepte-t-il de la dame ? Quel objet refuse-t-il ? Pourquoi ?

b. Gauvain a-t-il respecté les règles du jeu fixées par le seigneur ? Pourquoi ? Est-ce digne d'un chevalier ?

c. À la fin du texte, pourquoi Gauvain a-t-il « de la peine à regarder son ami dans les yeux » (p. 162) ?

3. *Langue*

a. « Oubliez que vous êtes chevalier, juste pour cette fois » (p. 145). À quel mode est conjugué le verbe « oubliez » dans cette phrase ? Pourquoi la dame utilise-t-elle ce mode ?

b. « Nous avons tous deux joué selon les règles » (p. 161). Réécris cette phrase en la mettant à la forme interrogative.

4. *Écriture*

Gauvain doit quitter le château le lendemain pour retrouver le Chevalier vert. Écris la lettre d'adieu qu'il donne à la dame avant de partir.

À retenir

Afin de se montrer loyal, un bon chevalier ne doit jamais trahir une promesse. Dans ce chapitre, Gauvain ne respecte pas le pacte conclu avec le seigneur et s'écarte donc de l'idéal chevaleresque.

Fiche n° 6 – Chapitre 5

De « soyez le bienvenu, Gauvain, dans ma Chapelle » (p. 183) jusqu'à la fin (p. 205)

1. Action et personnages (attention : plusieurs réponses sont possibles)

a. Le Chevalier vert brandit sa hache et :

- ❑ retient finalement la lame
- ❑ tranche la tête de Gauvain
- ❑ le blesse légèrement

b. Derrière le Chevalier vert se cache :

- ❑ le roi Arthur
- ❑ le seigneur du château
- ❑ Bertilak de Haudesert

c. La vieille femme, qui n'est autre que Morgane la Fée, a ensorcelé le seigneur car :

- ❑ elle voulait tester le courage des Chevaliers de la Table ronde
- ❑ elle est jalouse de son demi-frère Arthur
- ❑ elle voulait la ceinture verte

2. Genre ou thème

a. Pourquoi le Chevalier vert frappe-t-il trois fois Gauvain et le blesse-t-il légèrement à la fin ?

b. Pourquoi Gauvain incline-t-il la tête de honte (p. 187) ?

c. Selon lui, qu'est-ce que la ceinture lui permettra toujours de se rappeler ?

3. *Langue*

a. « Vous tressaillez comme un lâche » (p. 187). Cherche le sens du verbe « tressaillir » dans le dictionnaire.

b. « Vous avez payé pour votre faute » (p. 198). À quel temps est conjugué le verbe « avez payé » ? Réécris cette phrase en mettant le verbe au passé simple.

4. *Écriture*

« Quant à Gringalet, il avança gaillardement tout du long, comme tous les chevaux quand ils savent qu'ils vont rentrer chez eux » (p. 205) : imagine les pensées de Gringalet sur le chemin du retour.

À retenir

Sire Gauvain et le Chevalier vert est un récit d'apprentissage. En effet, grâce à ses mésaventures, le héros apprend des vérités sur lui-même.

MES NOTES

MES NOTES

Crédits photographiques

Fotolia.com : © Sushi.

Imprimé en Italie par Rotolito S.p.A. (Italie)
Dépôt légal : février 2018 – 320299/05
N° de projet : 11054634 – novembre 2023